翰林書房

源氏物語と庭園文化

相馬知奈
Soma China

源氏物語と庭園文化 ◎ 目次

凡例

＊『源氏物語』本文の引用は、新編日本古典文学全集『源氏物語』①〜⑥（小学館）により、巻名および頁数を付記した。

＊『源氏物語』以外のしばしば引用する文学作品は、原則として新編日本古典文学全集（小学館）により、巻名と頁数を示した。その他の本文による場合は、その都度明記した。

＊『作庭記』の引用は日本思想大系『古代中世芸術論』（岩波書店、一九七三）により、谷村本を参照した。

＊史書・古記録類の引用については原則として表記をそのままにした。ただし、校訂者による傍注の類は原則として省略した。

はじめに

本書は庭園文化という視座から『源氏物語』の世界を捉え直すことを目的とする。近年、『平安文学と隣接諸学』(竹林舎)という大がかりなシリーズが刊行されたように、王朝文学研究は作品の背景となる文化や歴史などの文化的視座からの考察の重要性が認識されつつある[1]。それは物語世界が物語内部の表現を通じて物語外部に豊饒に広がる文化や歴史と連関しているからである。これまでは文学が文化や歴史研究の一資料として扱われる傾向が強かったが、昨今試みられている文化的視座からの研究は、多様な学問の視点や成果を取り入れながら『源氏物語』を体系的に捉え直そうとするものである[2]。物語の周辺文化や歴史からの研究は、ともすれば物語本文の読みからは遠ざかってしまうという批判もあるが、豊富な外部資料を見据え、そこで得た成果を物語内部に照らし返すことで、物語をより深く理解することができると考えている。本書は物語内部の世界と外部の周辺文化との往還から物語の深奥に迫ることをめざすものである。

本書は物語外部に広がる多様な周辺文化のなかから特に庭園文化に焦点を当てていく。これまで文学作品における庭園描写といえば自然との景情一致に関する分析が多かった[3]。それは庭園を鑑賞空間として捉えているからである。しかし庭の機能は単一ではない。王朝時代の庭は現代のような単なる鑑賞空間ではなく、『年中行事絵巻』や

『駒競行幸絵巻』などにみられるように儀式空間でもあるという点が大きな特徴である。本書は庭の儀式性に目を向けることで、これまで顧みられてこなかった視点から『源氏物語』の世界を捉え直す。

本書で問題とする庭園像をいま少し鮮明にしておく。『源氏物語』は王朝時代の建築様式であるいわゆる「寝殿造」を物語の舞台とする。

年たちかへる朝の空のけしき、なごりなく曇らぬうららけさには、数ならぬ垣根の内だに、雪間の草若やかに色づきはじめ、いつしかとけしきだつ霞に木の芽もうちけぶり、おのづから人の心ものびらかにぞ見ゆるかし。ましていとど玉を敷ける御前は、庭よりはじめ見どころ多く、磨きましたまへる御方々のありさま、まねびたてむも言の葉足るまじくなむ。（初音③一四三頁）

光源氏の造営した四方四季の邸・六条院は「庭よりはじめ見どころ多く」と「庭」の美しさを通して語り起こされる。「玉を敷ける御前」と白い玉砂利を敷き詰めた前庭の美しさによって、巨大で華麗な住まいが称えられているのである。こうした「庭」において盛大な年中行事を繰り広げることで、六条院は光源氏の優位性を世間に認識させる舞台となっていた。[4] 様々な行事、儀式が行われたのは、この御前の「庭」であるが、『源氏物語』の中で「庭」といった場合、「東の対に渡りたまへるに、たち出でて、庭の木立、池の方などのぞきたまへば、霜枯れの前栽絵にかけるやうにおもしろくて」（若紫①二五八頁）のように、池や木立、築山のある空間全体をいう。しかし本来「には（庭）」とはそうした池水形式庭園をさす言葉ではなかった。

「庭園」という言葉は比較的新しい語であり、最初の例は貞享元年（一六八四）刊行、黒川道祐『雍州府志』にある。(5)庭園の語が現在の用法になったのは明治期以降のことである。「庭」と「園」はもともと異なる空間をさす言葉であった。そもそも日本でも西洋でも「庭園」は理想郷の象徴とされてきた。西洋庭園の思想は「エデンの園」や「アルキノオスの園」などに遡り、その二つの庭園観を相克、融合している。(6)豊かに実る種々の果樹、咲き誇る花々、溢れる泉、広がる田園、そうした「楽園」の風景こそが西洋の「庭園」なのである。しかし日本の庭園は豊かな実りのある果樹園のそれとは異質である。今日、私たちが「庭園」と認識している空間を上代では「やど」「しま」「その」「には」などと区別していた。現代でも梅や梨、桃李などの果樹がある空間を「園・苑」、石庭など比較的平坦な空間を「庭」と無意識のうちにある程度使い分けているが、これは上代からの区別を継承しているからである。現代の「庭園」のイメージに近い池があり前栽が咲き乱れる空間を、かつては「しま」とよんでいた。池中に築かれた島の姿を特徴的に捉えていたのだろう。しかし、前述したように『源氏物語』においては池水形式庭園を「には（庭）」と捉えている。

それでは、それ以前の「には」はどのような姿だったかといえば、「斎庭」「沙庭」という言葉があるように、神に関わる祭祀儀礼の空間であった。「には」は深い信仰の積み重ねによって、祭祀やそれに関わる芸能の場として発展していった。ところが、王朝時代に入ると「には」は祭祀儀礼の場としてだけではなく、広がる池や穏やかな水の流れ、前栽の溢れる景観を楽しむための自然を鑑賞する場としても機能していったのである。

つまり厳密には『源氏物語』に描かれる「庭」とは邸前にひろがり儀式の場となる「には」とその奥にひろがる池や前栽の咲き乱れる「しま」の二つの空間概念によって構成されているのである。(7)さらに「心から春まつ苑はわがやどの紅葉を風のつてにだに見よ」（少女③八二頁）のように、六条院の春の町の庭園を「その」と秋の町の庭園を「やど」とも表現する。同じ六条院の庭園風景でありながらその表現方法に微妙な違いを見せているのである。

「やど」「しま」「その」「には」はその内実に差異があるが、庭園遺構の発掘成果から庭園の源流は祭祀の場、饗宴の場にあると考えられる。これまで王朝文学研究では鑑賞空間として捉えがちであった庭園を儀式空間として捉え直すことで、物語の庭を読む新たな見方を提示できるのではないかと考えている。

以上の視点に立ち、本書の構成を述べれば、Ⅰ「庭をめぐる思想と造形」では古代庭園の思想的背景を踏まえることで庭の機能について追及する。日本における庭は須弥山思想、神仙思想、浄土思想など多様な思想の影響がみられ、深く篤い信仰心によって祭祀儀礼が執り行われた。「1 庭の発生」は近年解明が進む庭園遺構の発掘成果を手掛かりに、複数の思想がなだらかに融合する形で古代庭園に仙境を再現していることを明らかにするものである。『源氏物語』もまた古代庭園史の流れの中で庭を描き込むが、なかでもとりわけ神仙思想、蓬莱信仰を重視する。光源氏の築いた巨大な六条院は複数の仙境のイメージを揺曳させ、盛大な儀式を繰り広げることで源氏の権力を演出していることを論じた。「2『作庭記』をめぐって」では最古の庭園秘伝書『作庭記』でも古代信仰や思想などによって作庭を制約していることを明らかにした。頼通の高陽院が「海龍王の家」にも劣らないといわれたように、理想化された自然を庭園という小さな空間に造り上げ、所有することで権力者は権威を発揮するのである。『作庭記』では「こはんにしたがふ」「したがふ」という言葉が繰り返され、自然に畏敬の念を抱き、同調することで造園美の調和が図られる。庭を通して自然と人間との「根源的紐帯」が結ばれるのである。(8) 日本における庭園は時代によって具現化する理想郷が異なることはあっても、決して相克することはない。それは自然に同調しようとする自然観が主軸にあり、ぶれることなく私たちの深層を貫いているためだろう。登場人物の心情と景情一致するかのように描かれる物語の庭も、あるべき自然の姿を尊重しようとする自然観によって象られている。こうした庭の機能には絵師の存在も深く関与していることを解き明かす。

Ⅱ「海と庭の風景」では海のはるか彼方に浮かぶ仙境への憧憬によって育まれた海洋風景への思いが、ミニチュアという形で庭園と造物を造りだすその機構を論じる。「1『万葉集』の庭」では「やど」「しま」「その」「には」の庭園用語から古代庭園についてアプローチする。「には」は祭祀に関わる場でありながら、神聖性が後退化したことで、ゆるやかに「には」に「やど」「その」「しま」の風景が包含されていく。単なる海洋風景の縮景だけではなく、「には」は海面を意味する用語であることなど、海と密接なつながりが認められる言葉であることを提示した。「2「州浜」考」ではこれまで庭のミニチュアと捉えられてきた州浜台について論じている。州浜台とは王朝時代に歌合や物合で用いられてきた造物である。この州浜台もまた思想的背景を抱える造物であるという観点に立ち、庭との相互関係を辿り見る。庭園文化は芸術などの様々な周辺文化ともつながりあっている。庭園造形と類似性がある造物の州浜史を概観することで、庭園文化が文学作品にもたらした影響の大きさを照らし出していく。

Ⅲ「儀式の庭、権力の庭」おいては、そもそも「には」が祭祀儀礼の場であったという特性から、『源氏物語』が庭と儀式、儀礼との結びつきをどのように捉えているのかについて三篇にわたって作品内部を読み深めている。いわゆる「寝殿造」は一つの大きな空間を御簾や几帳、屏風、障子などの屏障具で区画することによって儀式や日常生活に対応していた。開放的空間である寝殿造の中で屏障具が機能不全となる時、そこに垣間見という場面が生まれ男女の恋物語が展開するのは物語の常套でもある。一方で儀式の際には屏障具を移動することで巨大な空間を造りだした。川本重雄「寝殿造の成立とその展開」は「屋内と庭とを同時に使う儀式」が行われたことで、寝殿造は開放的な空間構造になったと指摘する。(9) 建物と庭はそれぞれが単独に存在し別々の機能を果たすわけではなく、両者の関係性の中ではじめて有効に機能するのである。「1「くもりなき庭」考」では「くもりなし」という表現の周辺にひそむかげりに注目し、「くもりなき庭」で催された桐壺帝最後の儀式である桜の花の宴の意味を、聖代の言祝ぎと政治情勢の変化に伴うかげりという両面から読み解いている。「2 男踏歌をめぐって」では「には」で行う男踏歌という行事に着目し、神との交感を意味する足踏みが次第に足踏みの芸能へと変化したことを解き明かした。『源氏物語』はこの神との交感行為を玉鬘への求婚行為として取り込むことで儀式性を逸脱させていることを論じる。

庭とは建物に付帯したもの、建物内部に対する外部というような単純に二元化できるものではない。「3 儀式と「放出《はなちいで》」」では儀式に関連する場と考えられつつも、これまで不可解な場であった「放出」という空間を庭と隣接した境界空間として捉え直す。境界への着目によって、開放的空間である寝殿造と庭の関係を掘り起こしていく。先述したように庭と建物を別々に考えるのではなく、一体的なものとして捉える試みが本章である。

本書では庭園を祭祀儀礼に深く関わる儀式空間と捉え直すことで論を展開しているが、そもそも庭とは宗教や政治、絵画や芸能などさまざまな周辺文化を抱え込み、多様な機能を発揮する「総合芸術」空間である(10)。こうした多様な機能の一つとして鑑賞空間としての庭も存在していたのである。付「荒れゆく庭の物語」では私的な思考を投影する鑑賞空間として庭を捉えた論考を収めた。王朝文学作品に描かれる庭園描写のほとんどは鑑賞空間としての機能である。「1 『源氏物語』の門《かど》をめぐって」では荒廃した邸を意味する「葎の門」という表現を手掛かりに、門の描写を辿り見ていく。門の開閉に限らず、鍵や錠に関することなど類似性の多い門の描写から、主を失い荒廃した邸にひとり暮らす姫君たちの苦悩や哀愁を読み解いている。邸の外郭に置かれる門は外の世界との出入り口であり、最も外側に置かれた庭園の一部でもある。前章で取り上げる「放出」は邸と庭の境界空間であるが、門は庭と外の世界との境界である。境界では物語が発生するという(11)。境界的な場から物語の庭を掘り起こすことで、建物と庭の一体的な見方だけではなく、両義的な見方をも提示することを試みる。

最後に今なぜ庭園文化という視座から『源氏物語』を読み解くことを試みるのかについて述べておきたい。近年は殊に庭園遺構の発掘が相次いでいる。平成二十二年（二〇一〇）には宇治市街遺跡で敷地の北側に池と庭園を持つ遺構が発掘された。従来、寝殿造とは寝殿の南側に庭園を置くのが基本と考えられてきたことから、宇治市街遺跡は今後注目を集めることになるだろう。[12] 平成二十三年（二〇一一）には「百花亭」と称された平安前期の右大臣・藤原良相の邸宅「西三条第」跡が特定され、翌年の平成二十四年（二〇一二）には「西三条第」の池跡で出土した土器片に平仮名が記されていたことが確認され、最古の仮名文字として民俗学見地からも関心を集めている。こうした成果は日々新しく情報が更新される現代だからこそ得られたものである。文献資料に加え、物語を解き明かす新たな方法として遺構発掘の最新の成果がクローズアップされている現代において、それまで考えられてきた寝殿造及び庭園についてもいま一度再考すべき時期が来ているように思われる。[13]

本書は庭の儀式性というこれまでとは異なる角度から『源氏物語』の世界を捉え直すことで、物語内部の深奥に迫るささやかな一書である。

註

（1）近年では秋澤亙・川村裕子編『王朝文化を学ぶ人のために』（世界思想社、二〇一〇年）、小町谷照彦・倉田実編『王朝文学　文化歴史大事典』（笠間書院、二〇一一年）など王朝文化や歴史を理解するための事典類が相次いで刊行され、学術研究自体が文化的視座に大きく傾斜している。

（2）『平安文学と隣接諸学』（竹林舎）シリーズ、日向一雅編『源氏物語と平安京　考古・建築・儀礼』（青簡舎、二〇〇八年）など。

(3) 景情一致に関する研究は自然を視覚空間として捉えたものが多かったが、三田村雅子「〈音〉を聞く人々―宇治十帖の方法」(『物語研究』新時代社、一九八六年。後に『源氏物語　感覚の論理』(有精堂出版、一九九六年)所収)が自然を聴覚空間として捉えたことで、『源氏物語』の自然に関する研究史を転換させた。
(4) 三田村雅子『源氏物語―物語空間を読む』(筑摩書房、一九九七年)。
(5) 『雍州府志』は続々群書類従による。土石部「石」の項。
(6) 中山理『イギリス庭園の文化史―夢の楽園と癒しの庭園―』(大修館書店、二〇〇三年)。
(7) 六条院に「その」の実態があったかは不明であるが、たとえば春の町は「御前近き前栽、五葉、紅梅、桜、藤、山吹、岩躑躅などやうの春のもてあそびをわざとは植ゑで、秋の前栽をばむらむらほのかにまぜたり」(少女③七八～七九頁)とあり、こうした景観を「春の御前の花園」(野分③二六三頁)とよぶことから、「その」も六条院の庭を構成する空間概念の一つとして考えられる。松井健児「蹴鞠の庭」(『源氏物語の生活世界』(翰林書房、二〇〇〇年)所収)参照。
(8) 伊東俊太郎『文明と自然―対立から統合へ―』(刀水書房、二〇〇二年)二三七頁。
(9) 倉田実編『王朝文学と建築・庭園』(竹林舎、二〇〇七年)所収。
(10) 白幡洋三郎『庭園の美・造園の心―ヨーロッパと日本』(日本放送出版協会、二〇〇〇年)二六頁。白幡洋三郎『庭〔にわ〕を読み解く』(淡交社、二〇一二年)も併せて参照。
(11) 赤坂憲雄「物語の境界/境界の物語―軒・道ちがえ・河原・峠のある風景」(赤坂憲雄編『方法としての境界』新曜社、一九九一年)。
(12) 宇治市街遺跡は平安京から離れた郊外であることや宇治が北下がりの地形であること、北側に巨椋池や遠く比叡山や愛宕山を望む雄大な景観が広がるため、庭園の景観美を優先した結果、庭園を北側に置いているのではないかと報告されている。しかし地理的環境だけではなく、寝殿造の定義の再考を含め今後さらなる検討が必要となるであろう。

(13) 梶川敏夫「検証・平安京とその周辺」(瀧浪貞子編『源氏物語を読む』吉川弘文館、二〇〇八年)も遺構発掘の成果が今後の『源氏物語』研究の新たな鍵となることを説く。

I

庭をめぐる思想と造形

1　庭の発生——その歴史と思想を投影する場——

A竜頭鷁首を、唐の装ひにことごとしうしつらひて、楫とりの棹さす童べ、みな角髪結ひて、唐土だたせて、さる大きなる池の中にさし出でたれば、まことの知らぬ国に来たらむ心地して、あはれにおもしろく、見ならはぬ女房などは思ふ。中島の入江の岩蔭にさし寄せて見れば、はかなき石のたたずまひも、ただ絵に描いたらむやうなり。Bこなたかなた霞みあひたる梢ども、錦を引きわたせるに、御前の方ははるばると見やられて、色を増したる柳枝を垂れたる、花もえもいはぬ匂ひを散らしたり。他所には盛り過ぎたる桜も、今盛りにほほ笑み、①廊を繞れる藤の色もこまやかにひらけゆきにけり。まして池の水に影をうつしたる山吹、岸よりこぼれていみじき盛りなり。②水鳥どもの、つがひを離れず遊びつつ、細き枝どもをくひて飛びちがふ、鴛鴦の波の綾に文をまじへたるなど、物の絵様にも描き取らまほしきに、③まことに斧の柄も朽いつべう思ひつつ日を暮らす。……（略）。

④亀の上の山もたづねじ舟のうちに老いせぬ名をばここに残さむ

……（略）。C行く方も、帰らむ里も忘れぬべう、若き人々の心をうつすに、ことわりなる水の面になむ。

（胡蝶③一六六～一六八頁）

右の箇所は『源氏物語』胡蝶巻に描かれる六条院の様子である。六条院は四方四季の邸であり、この場面では紫の上を主とする春の町の春霞の幻想的な情景に、招待された秋好中宮付の女房たちが魅了される。広大な池に浮かぶ中島、さりげなく配置された石、桜や藤、山吹といった春の前栽が咲き乱れ、水鳥が優雅に遊ぶそれは「ただ絵に描いたらむやうなり」と大和絵を連想させるものであった。「物の絵様にも描き取らまほしき」様子は、まさに壮大で優美華麗なイメージを持つ、いわゆる寝殿造及び庭園の典型的な描写であるが、しかし一方でこの庭を形成しているのは多様な周辺文化に彩れたさまざまな趣向でもある。

①「廊を繞れる藤の色もこまやかにひらけゆきにけり」は『白氏文集』巻二の「傷宅」の一節「廊ヲ繞ル紫藤ノ架」の引用であるし、(1) ②「水鳥どもの、つがひを離れず遊びつつ、細き枝どもをくひて飛びちがふ」とは「花銜鳥」の文様のことである。これはもともと大陸から伝播された文様で、「鴛鴦の波の綾」と語られている睦まじい鴛鴦の文様と同じく正倉院御物にも用いられ、平安時代に愛好された。③「斧の柄も朽いつべう思ひつつ日を暮らす」はいわゆる爛柯の故事であり、④「亀の上の山もたづねじ舟のうちに老いせぬ名をばここに残さむ」の和歌では神仙思想が表現されている。(2) こうしたさまざまな趣向は王朝時代の貴族たちの常識であった。庭は多様な機能を発揮する「総合芸術」空間であるが、(3) 物語の庭もまた多様な周辺文化を取り込んだ芸術の場、鑑賞空間として描かれているのである。(4) 美的鑑賞の場としてだけではなく、詩歌が詠まれた場でもあることも鑑みれば、庭は文学が発生する場ともいえる。(5) 王朝文学作品において庭園風景は不可欠な要素である。物語の単なる背景として描かれているのではなく、物語の構造、展開とも密接な関わりをもつ。つまり庭は文化的・文学的環境の場として位置づけることができるが、そもそも庭とはどのように発生してきたのか。古代庭園に関する先行研究を辿り、庭に取り込ま

れている思想や技術の系譜を抑えることで、物語の庭の一端を探っていきたい。

一　古代庭園に関する先行研究

日本庭園史の研究は明治期に小沢圭次郎が『国華』に連載した「園苑源流考」がその先駆けといえる。その後、作庭家としても名高い重森三玲氏が全国に現存する庭園を実測し、昭和十四年（一九三九）に大成させた『日本庭園史図鑑』（有光社）全二十四巻、息子の完途氏と共に著した『日本庭園史大系』（社会思想社）全三十三巻（別巻二巻）を昭和五十一年（一九七六）に完成させたことによって、日本国内における庭園の形態が明らかになった。庭を知るための資料としては、昭和二十年（一九四五）に森蘊『平安時代庭園の研究』[6]も発表されている。しかし、こうした資料では文学作品に庭がどのように描かれ、それがどのような意味を持つのかなど作品内部との関係性を有機的に論じられることはなかった。

古代庭園と文学作品の関係が積極的に論じられるようになったのは『万葉集』の研究分野からである。たとえば中西進「屋戸の花」[7]などによって庭園文化から『万葉集』が研究されるようになった。庭園文化を視野にいれた『万葉集』研究が進むようになった背景の一つには遺構の発掘調査が進展していることが影響している。文献に残る古代庭園としては蘇我馬子が作庭したものが有名である。『日本書紀』には当時、池水形式庭園が珍しく、人々が馬子を「島大臣」と呼んだという逸話がある。「飛鳥河の傍に家せり」とされた馬子の邸宅が奈良県高市郡明日香村島庄付近にあったのではないかと早くから推定され、昭和四十七年（一九七二）から行われた島庄遺跡発掘調査では七世紀前半に築造された一辺四十二m、深さ二mほどのほぼ正方形の池が確認された。さらに、平成十六年

（二〇〇四）に行われた発掘調査では七世紀前半から後半の大型の建物跡が発掘されている。これまで馬子邸は大化の改新後に朝廷に官没され、七世紀後半には草壁皇子の嶋宮として使われていたと推定されてきたが、平成十六年の調査結果は馬子邸の跡地に新しく嶋宮が造営されたことを解明するものとして注目を集めた。翌年の平成十七年（二〇〇五）には馬子邸とみられる建物跡周辺から馬子没後、七世紀中頃に建てたと見られる別の大型の建物が発掘され、平成二十五年（二〇一三）には堀跡とみられる大型柱穴列が見つかり、馬子の邸宅が宮殿並みの大規模なものであったと想定されている。『日本書紀』には中大兄皇子が馬子邸に接して邸を建て、中臣鎌足と蘇我入鹿暗殺を計画した記述があり、この地域には「島皇祖母命」と呼ばれた舒明天皇の母糠手姫皇女や、「吉備島皇祖母命」と呼ばれた皇極天皇の母吉備姫王も宮室を構えていたという説もある。(8) 馬子邸が嶋宮に代わる間に、有力者たちがこの地域に住んでいた可能性が発掘調査によって裏付けられてきている。『万葉集』には嶋宮に関わる歌群があり、考古学的な裏付けがあることで複眼的な考察ができるようになった。

こうした動きと前後して、飛田範夫氏、河原武敏氏などが王朝文学作品の詳細な庭園描写の分析を行った。(9)『源氏物語』と庭に関しては昭和二年（一九二七）刊行、外山英策『源氏物語の自然描写と庭園』(11) がその先駆けといえよう。近年では平成十五年（二〇〇三）五月の『日本文学』で「古代における庭園」という特集が組まれ、倉田実編『王朝文学と建築・庭園』(12) などが発刊されるなど庭園文化に関心が集まった。(13) 七、八世紀の初期庭園の発掘が相次いだことで、平成十四年（二〇〇二）には中国や朝鮮など大陸の庭との関わりに目を向けた金子裕之編『古代庭園の思想—神仙世界への憧憬—』(14) も刊行された。これまで庭園史というと意匠に関するものが多かったが、これは大陸の庭園史、その思想が日本の古代庭園に密接に関係していることを提示し、考古学、文献史、中国思想など多角的視点から古代庭園の姿を探ろうとする。

現存最古の作庭書は『作庭記』である。金沢市谷村家所蔵の『作庭記』(谷村本)の写本には正応二年(一二八九)の奥書があり、[15] いわゆる寝殿造庭園の形態と意匠を詳細に記す。『本朝書籍目録』によると、鎌倉期には『前栽秘抄』と呼ばれた秘伝書であった。もともと藤原家が所有し、近世初期に加賀前田家に伝来、その後谷村家の所蔵になったらしい。[16] 貞享二年(一六八五)に塙保己一によって『群書類従』に採録された際に、『作庭記』(群書類従本)の名が採られたことでその存在が広く世間に知られることとなる。『作庭記』より少し遅れて、室町期に著された『山水并野形図』は『作庭記』と同じく寝殿造庭園に関する秘伝書である。これは古くから仁和寺に伝わり、近世に加賀前田家に伝来した巻子本一巻の作庭書である。平安期の作庭法を図解し、特に樹木の剪定が詳細に記されている。

江戸時代までに著された作庭関係の伝書は三十を越えるといわれる。特に江戸期には『余景作り庭の図』(延宝八年(一六八〇)初版、元禄四年(一六九一)改版)、『諸国茶庭名跡図会』(元禄七年(一六九四))などの作庭書が次々に編集・出版された。享保二十年(一七三五)には江戸時代までの作庭書を整理した『築山庭造伝(前編)』、文政十一年(一八二八)に『築山庭造伝(後編)』が版行され、寛政十一年(一七九九)には名所図会の中でも庭だけを取り上げた『都林泉名勝図会』も出版されて、急速に作庭が一般に普及していった。[17]

『源氏物語』が成立した平安中期はいわゆる寝殿造庭園が発達し、白河院政以後は浄土庭園[18]が盛んに造園されるようになった。王朝時代の庭は当時発達した「寝殿造」と呼ばれる建築様式と密接な関わりを持つが、そもそも寝殿造とはどういう形式をいうのか。『日本国語大辞典　第二版』(小学館)には、

古代・中世にわたる、京都の貴族の住宅の形式。中央の南向きの寝殿を中心にその東・西・北に対(たい)の

屋（家族の住居）があり、その間を、廊下（「細殿」「渡殿（わたどの）」などという）で連絡する。寝殿の南は中庭をへだてて池があり、この池に面して東西に釣殿をのばし建てる。邸の四方には築垣をめぐらし東西に門を置く。室内はすべて板敷で、几帳・ついたてなどでしきりをし、人のすわるところに畳を敷き、外部には蔀戸（しとみど）、妻戸を入れる。宮殿造り。

とある。寝殿造という名称を初めて用いたのは天保十三年（一八四二）成立の沢田名垂『家屋雑考』である。『家屋雑考』は「寝殿造」と「書院造」という日本の二大建築様式についての解説書である。明治二十四年（一八九一）に『百家説林』巻七に『家屋雑考』が収められて刊行されたことで寝殿造の説明及び鳥瞰図によって形式概念が広く浸透していくことになった。(19) 現代の辞書類の寝殿造の説明はおおよそ『家屋雑考』説に従っている。(20) 今日では『家屋雑考』の示した寝殿造の実像は考古学や建築史学からの解明によって修正されることになった。寝殿造及び庭園は原形を留める遺構はなく、造園技術の上で類似する浄土庭園（毛越寺庭園、浄瑠璃寺庭園など）からしか、その面影を知ることは出来ない。寝殿造庭園は、これまで寝殿の南面に巨大な池を造り、南庭と池を中心部分に置いたものがその特徴であると考えられてきた。京都盆地は複数の水系が集まり、その地下には巨大な天然ダムが形成されているといわれる。(21) こうした地形の特徴が平安京における寝殿造の池の巨大化につながっていったのであろう。しかし一方で森蘊氏が指摘しているように、(22) 寝殿造では必ずしも寝殿の南面に池があったわけではなく、村上天皇の皇女、資子内親王のかつての住まい三条院は「院の様、わざと池、遣水なけれど、大木ども多くて、木立をかしう気高く、なべてならぬ様したり」（『栄花物語』②八四頁）と庭には池や遣水を造らなかった。平安初期の大規模な寝殿造邸宅の原型とみられる平安京右京六条一坊五町、平安京右京一条三坊九町でも寝殿の南面に池の痕跡は認め

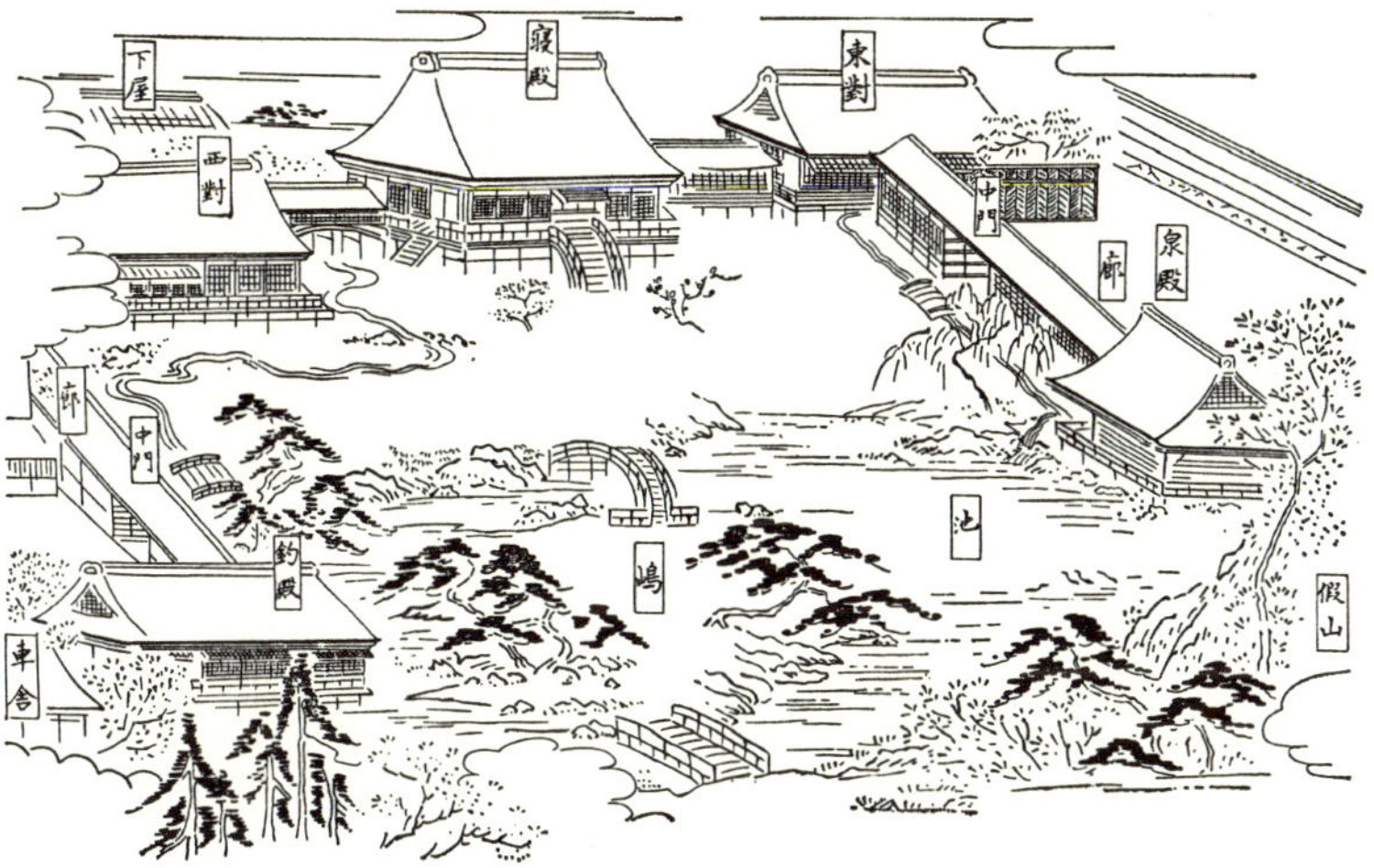

図1　寝殿造

られていない。[23]

このように私たちにとって身近な文化である庭園文化は不明瞭なことが多いが、これまでの文献資料に加え、発掘調査によって更新される新しい情報によって庭園文化を幅広く見据えることで、物語の深奥に迫ることができるのではないかと考えている。

二　理想郷の創造——思想の融合——

日本庭園は七世紀に入り文献上に登場する。推古紀十六年（六〇八）の記事には「是に大唐の国信物を庭中に置く」（『日本書紀』②五五八頁）とある。これは唐からの進物を「庭中」に置いた記事であるが、この「庭」は今日、私たちの認識する庭と同一のものではない。同三十四年（六二六）には蘇我馬子の死亡記事があるが、ここにも「庭中」についての記述がある。

夏五月の戊子の朔にして丁未に、大臣薨せぬ。仍りて桃原墓に葬る。大臣は稲目宿禰の子なり。性、武略有りて、亦弁才有り。以ちて三宝を恭敬して、飛鳥河の傍に家せり。乃ち庭中に小池を開れり。仍りて小島を池の中に興く。故、時人、島大臣と曰ふ。

（『日本書紀』②五八九～五九〇頁）

飛鳥河の傍に馬子の邸宅はあり、そこから水を邸内に引き込んでいたのであろう。馬子の邸宅の「庭中」には「小池」があった。「小池」の中に「小島」を築いた庭園風景にちなんで世人は馬子を「島大臣」と呼ぶ。Ⅱで後述するように『万葉集』や『懐風藻』にも「しま」の例が多くみられる。たとえば「春さればをりにををり鶯の鳴くわが山斎そやまず通はせ」（『万葉集』・一〇一二）[24]では春になると自邸の「しま」で枝を撓めて鶯が鳴くと詠まれている。『玉勝間』[25]には「俗にいはゆる作り庭、泉水、築山の事を、古へには嶋といへり」と記され、上代では「しま」という語が現代の「庭園」を意味する言葉であったことが分かる。現在、島庄遺跡では馬子の邸宅にあったと記されている「小島」の確認はされていないが、平成二十年（二〇〇八）には七世紀前半に造られた石組みの溝が発見され、方形池に関連する水路という見方がでている。[26]日本庭園の揺籃期の遺構が邸に「小池」を設け、そこに「小島」を造った最古の文献と確かに照合されるのである。

同二十年（六一二）には、今一つ注目すべき「庭」にまつわる記述がある。百済から来た路子工が「須弥山の形と呉橋を南庭に構かしむ」（『日本書紀』②五六九頁）と朝廷の「南庭」に「須弥山の形と呉橋」を設けたという逸話であり、明治期には『日本書紀』に記された「須弥山の像」とみられる須弥山石が発見されている。[27]『佛教大辞典』[28]に「凡そ器世界の最下を風輪とし、其上を水輪とし、其上を金輪即ち地輪となし、其の上に九山八海あり、即ち持雙、持軸、擔木、善見、馬耳、象鼻、持邊、須彌の八山八海と、鐵圍山なり、其の中心の山は即ち須彌山なり」とあるように、須弥山とは仏教の世界観で中心に位置する山である。この理想郷を石組で表現したものが須弥山石組であり、鎌倉時代の夢窓国師の作と伝わる山梨県の恵林寺にはこの須弥山石組がある。馬子も「三宝を恭敬して」とあるように仏教に関心が深かったといわれる。須弥山は四角であったという指摘を思い浮かべるとき、(29)馬子が邸宅に造った「小池」と「小島」は須弥山の再現と考えられようか。

しかし、欽明十三年（五五二）に百済から仏教が伝来する以前の応神朝前後にはすでに神仙思想が伝来しており、作庭に神仙思想が影響している例が存在する。聖徳太子は多くの寺院を建てたが、『太子傳古今目録抄』(30)には、聖徳太子建立七ヵ寺院の一つである定林寺の条に「太子自造蓬萊山。龜大四五尺許。云云」とあり、定林寺には神仙思想に基づく蓬萊山が造られていたとみられる。これは馬子の逸話より以前のものであると考えられることから、蓬萊山を作庭する技法が早くから確立されていたことになる。(31)

また多田伊織「ニワと王権―古代中国の詩文と苑」は、明治期に発見された須弥山石には博山炉に通じる意匠が施されていることや日本には仏教と道教が混淆した形で伝来していることから、須弥山＝崑崙山の可能性があることを指摘する。(32)博山炉とは仙山を模した香炉であるが、盆石の細川流の伝書も博山香炉と須弥山の関係性を示唆する。(33)まさに古代庭園は大陸から伝来した様々な思想の影響を受けているのである。

こうした一方で庭園意匠の滝石組や石の配置の仕方が磐座に類似している点から、作庭は古代信仰に由来しているのではないかという見方も提示されている。(34)磐座は『古事記』や『日本書紀』などに記録があるが、磐境との混乱など現在でも不明な点が多い。(35)もとより磐座とは神が鎮座する石と考えられているもので、いわゆる依代である。影向石も磐座と同類のものと考えられる。(36)神が降臨する石である磐座は次第に神が宿るものとして崇拝されるようになった。巨石をご神体とする神社も数多く存在し、磐座そのものが神格化されている。巨石に限らず産石などの小石にも依代的なものがある。(37)倉敷の鶴形山にある阿智神社には磐座・磐境があるが、その一方で日本最古の神仙蓬莱様式の古代庭園を造ったとも伝えられ、神仙思想に基づく鶴亀を象徴する石組は後世の枯山水庭園にみられる鶴亀石組へ移行する過度的形態を示しているという指摘もある。[38] すなわち日本庭園は外来思想に影響を受けつつ、古代信仰をも受け継いでいるといえる。

『古事記』や『日本書紀』に見られる常世思想もそのような古代信仰の一つである。常世思想とは海の彼方に理想郷があると信じられてきた古代信仰であった。『古事記』では少名彦那神が大国主神と葦原の中つ国を作り固めた後、常世の国に帰ったとあり、『万葉集』では高橋虫麻呂が浦島子は海境を通り過ぎて海の神の女に出会い、求婚をして常世に至り、海神の宮殿で暮らしたと詠んでいる（一七四〇番歌）。同様の内容は『日本書紀』にもある。

秋七月に、丹波国余社郡管川の人水江浦島子、舟に乗りて釣し、遂に大亀を得たり。便ち女に化為る。是に浦島子、感でて婦にし、相遂ひて海に入り、蓬莱山に到り、仙衆に歴り観る。語は別巻に在り。

（『日本書紀』②二〇七頁）

これによると浦島子は蓬莱山に辿り着いている。「別巻」とは、『丹後国風土記』逸文であるが、ここにも「女娘、曰はく『君棹廻すべし、蓬山に赴かむ』といふ。嶼子従ひ往く」（『風土記』四七五頁）とあって、乙女が浦島子を「蓬山」に誘ったと記されている。古訓では「蓬莱山」を「トコヨノクニ」と読んでおり、海の彼方にあると想像されている二つの理想郷、仙境が同一のものとして解されている。虫麻呂の歌では「老もせず　死にもせずして　永き世に　ありけるものを」と浦島子は常世の国で不老不死を手にいれたとされる。不老不死の仙薬がある蓬莱山を仙境とし、不老を説く神仙思想との関係性が『万葉集』からもみえてくる。[39] 先の路子工が造った「須弥山の形」

も後世になると須弥山から蓬萊山へ仮山の始まりが変更している。(40)大陸から伝来した複数の思想が日本固有の古代信仰となだらかに融合したことで日本独自の庭園文化が形成され、蓬萊山を中心とする様々な理念に基づいた理想郷を庭に創造するようになったと考えられるのである。

三　庭園技術の系譜——島と池と——

光源氏の造営した六条院は四町を占める広大で壮麗な邸であった。このような巨大な庭園は中国の苑池の影響に拠るものであり、『煬帝海山記』(41)には隋の煬帝の西苑に関する記事がある。

闢地周二百里爲西苑。役民力常百萬。内爲十六院。聚巧石爲山。鑿池爲五湖四海。詔天下境内所有鳥獸草木。驛至京師。天下共進花木鳥獸魚蟲。莫知其數。（中略）每湖四方十里。東曰翠光湖。南曰迎陽湖。西曰金光湖。北曰潔水湖。中曰廣明湖。湖中積土石爲山。構亭殿。屈曲環遶澄碧。皆窮極人間華麗。又鑿北海。周環四十里。中有三山。效蓬萊、方丈、瀛洲。上皆臺榭迴廊。……。

西苑は蓬萊方丈瀛洲という三神山を築く、神仙思想に基づいた庭園であった。蓬萊方丈瀛洲の三神山には仙人が作った不死の仙薬があるといわれ、秦の始皇帝は晩年死を恐れて、不死を説いた神仙思想に強い関心を示した。山東省の山岳信仰を源にするといわれる徐福伝説は秦の始皇帝が徐福に東海の三神山に不老不死の仙薬を求めさせ、ついに日本の富士山にたどり着いた話である。漢の武帝も仙人と仙薬を捜し求め、晩年に上林苑の東にあった建章宮の北部に位置する太液池に蓬莱方丈瀛洲壺梁の四島を築いたとされる。不老不死への憧憬が庭に神仙世界を現出させるのである。『扶桑略記』(42)の応徳三年（一〇八六）の条に、鳥羽離宮に関して「池廣南北八町。東西六町。水深八尺有餘。殆近九重之淵。或摸於蒼海作嶋。或寫於蓬山疊巌。泛船飛帆。煙浪渺々。飄棹下碇。池水湛々。風流之美不可勝計」と記されるように、日本でも離宮の広大な池の中に蓬莱山が造られていた。

光源氏が造営した六条院の春の町の池には中島があった。物語には三例しかない用例のうち、二例が胡蝶巻に登場する。冒頭の胡蝶巻の引用Aに「竜頭鷁首を、唐の装ひにことごとしうしつらひて、楫とりの棹さす童べ、みな角髪結ひて、唐土だたせて、さる大きなる池の中にさし出でたれば」とあるように、紫の上が住む春の町に招待された秋好中宮付の女房たちは、唐風の衣装と髪型をした舵取りの童と唐風の舟に乗って「大きなる池の中」に漕ぎ出していくと、あたかも「まことの知らぬ国に来たらむ心地して」と未知の国を訪れたかのような気持ちを抱く。中島に近づくと、さりげなく置かれた立石の風情までもが絵に描いたようで、霞がたなびき、花も何とも言えない香りを漂わせ、「他所には盛り過ぎたる桜も、今盛りにほほ笑み」と三月下旬でまもなく初夏を迎える季節に他の場所の桜は盛りを過ぎたというのに、この春の町は今を盛りとばかりに咲き誇り桃源郷を彷彿とさせる。こうした情景から④「亀の上の山もたづねじ舟のうちに老いせぬ名をばここに残さむ」という女房の歌が詠まれることで、この中島が蓬莱山であると示唆されている(43)。

長元八年（一〇三五）五月十六日に高陽院で行われた「賀陽院水閣歌合」(44)にも胡蝶巻と同様の場面がある。

自後池北歴寝殿東高階下潺湲参進。伶人依方誠在舟矣。先吹調子、次奏陵王破。雖云仙舟何以加之。絲竹錚鏦、池水湛然、遂不知方外也人間也。亦不知崑閬歟蓬瀛歟。縦観之者目不暫捨矣。或衣色照耀於簾中、或香気酷烈於檻外。斯乃優悠好耳目之娯也。棹影穿波着南洲階下。異草雑樹奇巌侘石、千名万形不可覼縷而記之。念人上卿先下、次方人等着座。

舟が寝殿東の高渡殿の下をくぐって北の池から南の池に渡り、女房たちの打出が照り輝き、御簾の内からは芳香が漂い、珍しい草木や奇巌が庭を彩り、楽人の演奏が聞こえてくる。こうした光景を「亦不知崑閬歟蓬瀛歟」とまるで崑崙山か蓬萊瀛洲の仙境にきたかのようだと表現し、庭に理想郷を演出するのである。(45)

亀山と蓬萊に関しては『拾遺集』六、清少納言の弟の戒秀が陸奥国に下る知人を送る際に、為尊親王が餞別として「香薬」を贈ったことにちなんで「亀山にいく薬のみありければとどむるかたもなき別れかな」と詠んでおり、(46)その結びつきはすでに当時の常識であった。『本朝怪談故事』(47)巻第二「第五　厳嶋海蓬萊浮」によれば厳島の海上にも「此海上ニ時々蓬萊浮出ス」と蓬萊山が海に浮かび、『縁起』にも「巨亀、金山ヲ負テ夜々出没ス事、最モ不測也」と巨亀が蓬萊山を背負って夜毎に出没するという逸話が残るという。④の三句以下の「舟のうちに老いせぬ名をばここに残さむ」は『白氏文集』巻三「海漫々」による。原典では「童男丱女舟中ニ老ユ」とあり、仙薬を求めているうちに舟の中の子どもも年老いてしまったというが、和歌では逆に仙薬がなくても六条院こそが仙境そのものなのだから不老の歓楽を尽くそうと詠む。和歌全体に蓬萊山の不老の観念を描きこみ、六条院がまさに蓬萊山のある仙境を再現した空間であると強調する。庭に神仙世界を現出させる行為が帝王の証であったことを鑑みれば、(48)光源氏は天皇に匹敵する力をもっていることがここに暗示されているとみてよいだろう。源氏の潜在王権性が庭園の側からも読み取れるのである。古代庭園には多くの思想が投影されているが、『源氏物語』はそのなかでもこの神仙思想を帝王に関わるものとしてとりわけ重視している。(49)

この胡蝶巻の引用場面でもう一つ注目しておきたいのがB「こなたかなた霞みあひたる梢」である。六条院春の町は「霞」の中に繰り返し登場する傾向がある。

春の上の御心ざしに、仏に花奉らせたまふ。鳥、蝶にさうぞき分けたる童べ八人、容貌などことにととのへさせたまひて、鳥には、銀の花瓶に桜をさし、蝶は、黄金の瓶に山吹を、同じき花の房いかめしう、世になきにほひを尽くさせたまへり。南の御前の山際より漕ぎ出でて、御前に出づるほど、風吹きて、瓶の桜すこしうち散り紛ふ。いとうららかに晴れて、霞の間より立ち出でたるは、いとあはれになまめきて見ゆ。

（胡蝶③一七一～一七二頁）

秋好中宮主催の季の御読経の場面では、容姿の美しい紫の上付の女童が仏の捧げ物として満開の桜を銀の花瓶に山吹を金の花瓶にそれぞれさしたものを、春の町から秋好中宮の住む秋の町に舟に乗って持参する。桜や山吹が咲き誇る春の町から舟に乗ってやってくる女童たちが「霞の間」から姿を現して、夢のような優美な光景が広がる。その一方では野分の吹く自然の荒ぶりの中でも六条院の美しさが「霞」の風景の中で浮き彫りになる。

見通しあらはなる廂の御座にゐたまへる人、ものに紛るべくもあらず、気高くきよらに、さとにほふ心地して、春の曙の霞の間より、おもしろき樺桜の咲き乱れたるを見る心地す。

（野分③二六五頁）

野分巻では紫の上の美しさが光源氏の息子である夕霧によって「霞の間」の樺桜のようだと譬えられている。野分の吹き荒ぶその中でさえも六条院春の町はあくまで春霞のたなびく空間として強調されているのである。六条院春の町は「霞」の風景の中に描かれ[50]、こうした幻想的な風景を「春の殿の御前、とりわきて、梅の香も御簾の内の匂ひに吹き紛ひて、生ける仏の御国とおぼゆ。」（初音③一四三頁）とも評した[51]。御簾の外にある梅の木の香りと御簾の内から香ってくる梅花香が「吹き紛ひて」、理想郷のような優雅な空間を演出する。こうした芳香による理想郷の演出方法は先述した「賀陽院水閣歌合」の「或衣色照耀於簾中、或香気酷烈於檻外」とも重なり合う[52]。

和歌の後にはC「行く方も、帰らむ里も忘れぬべう、若き人々の心をうつすに、ことわりなる水の面になむ」とあり、秋好中宮付の若い女房たちは「帰らむ里」を忘れてしまいそうなほどの美しい情景に心を奪われている。これも仙境で我を忘れる境地を意味している。浦島子もほんの数年我を忘れて蓬莱山で楽しい時を過ごしていた間に、地上では長い時が過ぎていて元の生活に戻ることができなくなった。六条院は四方に四季を配置した竜宮と同じ構造を持つ理想空間として設定されているが、「霞」の風景の中に立ち現れる六条院春の町は蓬萊にも極楽浄土にも崑崙にも竜宮にも重ねられる、まさに仙境であった。

先に引用したように神仙思想の影響が色濃い六条院春の町は「生ける仏の御国」ともいわれ、浄土の影響を覗かせている。法隆寺金堂壁画に阿弥陀浄土図が描かれていたように[53]、浄土思想は飛鳥時代には普及していたと考えられる。飛鳥・奈良時代の浄土思想は死者の追善供養が目的であったが、平安時代の浄土思想は自分が死後、極楽浄土に往生することを願うものであった。

浄土庭園の先駆けとしてあげられるのが、慶滋保胤が天元二年から三年（九七九―九八〇）頃に造ったとされる池亭である。

就隆爲小山。遇窪穿小池。池西置小堂安彌陀。池東開小閤納書籍。池北起低屋著妻子。凡屋舍十之四。池水九之三。菜園八之二。芹田七之一。其外綠松島。白沙汀。紅鯉。白鷺。小橋小船。平生所好。盡在其中。

『池亭記』[54]によると、下級官僚であった保胤が五十歳でようやく手に入れた自邸は高級住宅地の左京四条以北ではなく、五条南六条北の荒れ地であった。決して大邸宅とはいえない四分の一町の小さな敷地には菜園があり、池の北側に家族が住む家、東側に書庫、西側に阿弥陀像を安置した「小堂」を配置している。保胤は講書や詩会、念仏をする念仏結社「勧学会」を興し、浄土思想に造詣が深かった。池亭在住中には阿弥陀信仰によって極楽往生を遂げたと言われる人々の行蹟を集めた『日本往生極楽記』も記している。池の西側、極楽浄土の方角に「小堂」を造るという方角の概念の導入から、この池亭に浄土思想の萌芽を認めることができるだろう。[55]

一方で保胤の池亭のほぼ中央には池があり、島や汀を造り、橋を架け、舟を浮べたその情景は寝殿造庭園に類似する。そもそも重要文化財の「當麻曼荼羅図」(當麻寺蔵)などの浄土変相図には蓮華台の上に阿弥陀仏が、その前に方形の蓮池が描かれている。石を積み上げて護岸した方形池は百済や高句麗の遺構に多くみられるが、隋や唐にもあった可能性があるといわれる。[56]先述したように馬子邸跡とみられる島庄遺跡でも方形池が発見されているが、須弥山石が発見されたことで斎明朝の饗宴施設ではないかと想定されている石神遺跡でも方形池が発見されている。[57]仙台の郡山遺跡でも石神遺跡とほぼ同じ構造の方形池が出土した。斎明紀四年(六五八)に陸奥と越の蝦夷が須弥山の周辺で服属儀礼を行い、饗宴が行われた歴史を顧みれば、遠く離れた二つの遺跡のつながりをはるかに見ることができよう。このように少なくとも推古紀から斎明紀にかけての飛鳥時代には仏教思想に基づいた方形池が築かれていたことが遺構から判明している。

ところが、この池亭や現存する毛越寺庭園、平等院庭園には方形の池ではなく、曲線の汀がある。馬子邸跡とみられる島庄遺跡では方形池が発掘されているが、後に草壁皇子の邸となった時期に詠まれた嶋宮に関わる歌群から邸には「勾の池」と「上の池」という二つの池があったことが分かる。「勾の池」とは曲線の池のことであろうか。[58]すると「上の池」が方形であった可能性もあり、「上の池」という意識から「下の池」という三つ目の池も存在していたのではないかとも想定される。文字資料と遺跡発掘が思想の融合、混淆を証し立てるのである。

平成十一年（一九九九）に出土した飛鳥京跡苑池遺構では石積み護岸と中島張り出し部が確認された。護岸部分は方形池に類似しているが、中島の外郭線は曲線を基調とし、方形池から曲線の池へと移行する萌芽的要素が認められるという報告がある。[59]『日本書紀』には天武紀十四年（六八五）に天武天皇が「白錦後苑」に行幸したという記述があり、後苑が宮殿の北に位置することから、この遺構は「白錦後苑」の可能性が強いと考えられている。[60]その特徴は曲線遺構である新羅の雁鴨池と類似していると指摘されており、百済から新羅へ東アジア情勢が変化し、それに伴って日本の国策が対百済から対新羅へ転換した状況が日本の庭園技術に反映していると推定される。大陸からもたらされた複数の思想と庭園技術、意匠が日本固有のさまざまな古代信仰となだらかに融合、混淆したことで、曲線の池の意匠をもつ浄土庭園を創造したのであろう。浄土庭園は末法思想が広がった平安中期以降に盛んに作庭されるが、これらの浄土庭園は当時すでに完成の域に達していた寝殿造庭園の様式にならって作庭された。[61]

いわゆる「寝殿造」という建築様式は十世紀初めごろに平安京で完成した貴族住宅であるといわれる。寝殿造の復元の手立てにされているのは、虚構の邸ながらも建築構造が詳細に描かれる光源氏が造営した六条院である。[62]少女巻で六条院が落成した後、続く玉鬘十帖では六条院を舞台に男踏歌、船楽、季の御読経、端午の節会と宮中行事を模し、あるいは宮中行事を凌ぐ独創的な行事や儀式が次々と繰り広げられる。[63]文化の発信地となることで六条院に集まる人々を魅了し、優雅で華麗な世界へと導くことによって源氏の栄華や権威を世間に見せつけているのである。(64)『源氏物語』は権力の具現化したものといえる庭園文化を物語に取り込み、六条院に蓬萊とも竜宮とも崑崙とも極楽浄土ともいえる仙境のような優雅で華やかな世界を創出することで、無言の力によって源氏の権力を描出する。まさに庭とは自然を縮景、模倣しただけの単純な空間ではなく、文化や歴史、思想を凝縮、投影する場なのである。

註

（1）『白氏文集』巻二の「傷宅」は五言二十八句の古詩で、その第十三から十六句にある庭園の様子には、

廊ヲ繞ル紫藤ノ架　砌ヲ夾ム紅薬ノ欄

枝ヲ攀ヂテ桜桃ヲ摘ミ　花ヲ帯ビテ牡丹ヲ移ス

とある。

（2）蓬萊の「亀山」の典拠としては『列子』湯問篇などがあげられる。

（3）白幡洋三郎『庭園の美・造園の心―ヨーロッパと日本』（日本放送協会、二〇〇〇年）。

（4）西本香子「物語の庭園と水の聖域―『うつほ物語』桂邸を中心に―」（倉田実編『王朝文学と建築・庭園』竹林舎、二〇〇七年）では庭園は文化的・社会的背景を基盤理念として構想される物質的構成物であり、景物の背後に隠された意味の読み取りは鑑賞者個々の資質に委ねられているという。武田比呂男「古代における庭園―その機能と表現をめぐって」（『日本文学』二〇〇三年五月）も物質的な構成物としての庭園と文字テキストなどの表現された庭園を往還することや、それらをめぐる文化的、社会的な文脈の把握の必要性を説く。

（5）林田孝和「文学発生の場―「庭」をめぐって―」（『野州国文学』一九九四年十月。後に『源氏物語の創意』（おうふう、二〇一一年）所収）では自然の景観がデフォルメされミニチュア化された洲浜が、庭園と同じように作

歌の場となっていることを踏まえ、これら一連の歌を〈洲浜歌〉と位置づける。

（6）桑名文星堂、一九四五年。

（7）『論集上代文学三』笠間書院、一九七二年。後に『谷蟆考　古代人と自然』（小沢書店、一九八二年）所収。高崎正秀「「庭」其他」（『国語と国文学』一九三二年三月。後に高崎正秀著作集第三巻『萬葉集叢攷』（桜楓社、一九七一年）所収）。戸谷高明「万葉歌小考―庭園をめぐって―」（『国語と国文学』一九六九年十月。後に『万葉景物論』（新典社、二〇〇〇年）所収）。森淳司「万葉の「やど」」（『万葉とその風土』桜楓社、一九七五年、一九六八年三月の古代文学会例会第百回記念研究発表会での報告を旧稿のまま活字化したもの）。呉哲男「苑の系譜―古今集と外部―」（『文学』一九八六年二月。後に「庭園の詩学」と改題し、『古代言語探究』（五柳書院、一九九二年）に所収）。呉哲男「都市と庭園―家持の花鳥歌を中心に―」（『日本文学』一九八七年五月）など。

（8）薗田香融「万葉貴族の生活圏―万葉集の歴史的背景―」（『万葉』一九五三年七月）。大系『日本書紀下』補注二八―四。

（9）飛田範夫『「作庭記」からみた造園』（鹿島出版会、一九八五年）、飛田範夫『日本庭園の植栽史』（京都大学学術出版会、二〇〇二年）、河原武敏『平安鎌倉時代の庭園植栽』（信山社出版、一九九九年）など。

（10）文友社、一九二七年。

（11）丁字屋書店、一九四三年。

（12）竹林舎、二〇〇七年。

（13）末沢明子「水辺の追憶―『源氏物語』の庭園」（『福岡女学院大学紀要』二〇〇〇年二月）、西本香子「王の庭園―『うつほ物語』吹上巻から『源氏物語』胡蝶巻へ―」（津田博幸編『〈源氏物語〉の生成―古代から読む―』武蔵野書院、二〇〇四年）など。

（14）角川書店、二〇〇二年。

（15）谷村本には『作庭記』の書名はない。「作庭記」の名は寛文丙午六年（一六六六）に野間三竹が書いた書が初出である。概略については重森完途「「作庭記」の成立」(『図書』一九九〇年十二月)、萩原義雄「『作庭記』について」(『駒澤日本文化』二〇〇九年十二月)参照。

(16) 現在の谷村本(旧前田家本)は秘蔵書であったため、一般には江戸時代に『群書類従』に収録された『作庭記』(群書類従本)が知られていた。谷村本は幕末までは前田家にあったようであるが、維新の混乱により行方が分からなくなった。昭和十一年(一九三六)に金沢市谷村家にあることが分かり、国宝に指定され、昭和十三年(一九三八)に貴重図書複製会より影印複製がなされた。なお、谷村家は前田家から写本を譲り受けたわけではなく、芝公園での日本美術倶楽部の古物展で手に入れたとされる。経緯については上原敬二編『解説山水並に野形図・作庭記』(加島書店、一九七二年)が詳しい。

(17) 『築山庭造伝』は享保二十年に北村援琴が著したものと、文政十一年に秋里籬島が著した二つがあり、前者を前編、後者を後編と区別している。他にも『嵯峨流庭古法秘伝之書』『築山山水伝』『秘書庭之石ふみ』『築山染指録』『夢窓流治庭』『露地聴書』など多くの作庭書がある。

(18) 「浄土庭園」「浄土式庭園」という用語が庭園史で用いられるようになったのは昭和十年代のことであり、それ以前は仏堂前面に設けられた園池に特徴があったため、「仏堂前池」「堂池前」などとも呼ばれていた。浄土庭園は寝殿造庭園の流れを汲むということで「寝殿造系庭園」と称されることもある。

(19) 加藤悠希「『家屋雑考』の流布と「寝殿造」の定着過程」(『日本建築学会計画系論文集』二〇〇九年十二月)によると、明治二十年以降『家屋雑考』が参照されるようになったことで、既に共有されていた形式概念に「寝殿造」の用語が重ねられて定着したという。

(20) 『広辞苑　第五版』(岩波書店、一九九八年)には、

寝殿造

平安時代の貴族住宅の形式。中央に南面して寝殿を建て、その左右背後に対屋(たいのや)を設け、寝殿と対屋は廊(渡殿)で連絡し、寝殿の南庭を隔てて池を作り中島を築き、池に臨んで釣殿を設ける。邸の四方に築

垣を設け、東西に門を開く。南庭と門との間に中門を設けて出入の用に供する。寝殿・対屋は周囲に蔀戸（しとみど）を釣り、妻戸を設け、室内は板敷とし、簾・壁代（かべしろ）・几帳（きちょう）・帳台などを用いたとある。

(21) 京都盆地は水盆構造になっているといわれ、その特徴から楠見晴重氏によって「京都水盆」と名付けられた。
(22) 『寝殿造系庭園の立地的考察』（『奈良国立文化財研究所学報　第十三冊』養徳社、一九六二年）。
(23) 村田和弘「平安京跡右京一条三坊九・十町（第八・九次）」（『京都府遺跡調査概報』京都府埋蔵文化財調査研究センター、二〇〇〇年三月）、石井清司「長岡京・平安京における邸宅遺跡」（『平安京の住まい』京都大学学術出版会、二〇〇七年）参照。
(24) 中西進『万葉集』㈡（講談社、一九八〇年）。
(25) 日本思想大系『本居宣長』（岩波書店、一九七八年）。
(26) 水路に関しては森蘊『発掘庭園資料』（奈良国立文化財研究所、一九九八年三月）など参照。
(27) 須弥山石に関しては外村中「飛鳥の須彌山石」（『日本庭園学会誌』二〇〇九年十月）参照。
(28) 『佛教大辞典』（名著普及会、一九八一年）八三八頁。
(29) 定方晟『須弥山と極楽　仏教の宇宙観』（講談社、一九七三年）参照。
(30) 鈴木学術財団編『大日本佛教全書　第七十一巻（史伝部十）』（講談社、一九七二年）。『古今目録抄』は四天王寺本と、法隆寺本『聖徳太子傳私記』の二つがある。
(31) 『日本庭園史大系』第二巻（社会思想社、一九七四年）。
(32) 『古代庭園の思想―神仙世界への憧憬―』（角川書店、二〇〇二年）。寺川眞知夫「中国モデルの庭園の受容と基盤」（『日本文学』二〇〇三年五月）も須弥山と崑崙山について論じる。郡司正勝「崑崙山と蓬萊の山」（『風流の図像誌』三省堂、一九八七年）では中国の『文選』以来、崑崙山と蓬萊山は二つの聖山として双璧をなしたが、日本では蓬萊山のみが浸透したことを指摘する。

（33）伝書は聖徳太子が須弥山を室内の飾り物にしようと考え、香炉の鉢を台として、須弥山の形をした霊石を置いた造物を造ったのが盆山の始まりと伝えている。
（34）『日本庭園史大系』第二巻（社会思想社、一九七四年）。
（35）磐境は用例が乏しく、磐座よりさらに不明な点が多い。磐座は神が寄り付く岩、依代であり、磐座と磐境は原則的に同じものと捉える場合があるが、『日本書紀』には「吾は天津神籬と天津磐境とを起樹て、吾が孫の為に斎ひ奉るべし。汝天児屋命・太玉命、天津神籬を持ちて葦原中国に降り、亦吾が孫の為に斎ひ奉るべし」（『日本書紀』①一三七〜一三九頁）とある。神籬とは神霊が宿っていると考えられた常盤木、つまり依代である。同時に依代を二つ置くとは考えにくいので、磐境は依代ではなく、依代のある場所を示しているのではないだろうか。
（36）三井寺、知恩院、日向大神宮、鶴岡八幡宮など影向石の実例は多い。
（37）産石は産立飯の膳に氏神や先祖の祠などから石を持ってきて乗せる慣わし。石は産神の依代と考えられる。『紫式部日記絵詞』にも丸盆の上に石を乗せていると思われる場面がある。宮本常一『絵巻物に見る日本庶民生活誌』（中央公論新社、一九八一年）参照。
（38）長谷川正海『日本庭園の原像―古代宗教史考―』（白川書院、一九七八年）。飛田範夫『「作庭記」からみた造園』（鹿島出版会、一九八五年）では重森氏が「上古のもの」と判断した阿智神社の盤座は社殿を飾るために置かれたもので、上古のものとは考え難いと指摘する。
（39）中西進「常世と蓬萊」（『ユートピア幻想―万葉びとと神仙思想―』大修館書店、一九九三年）では、『万葉集』と神仙思想の関係を積極的に読み解く。
（40）『嘉良喜随筆』（『日本随筆大成』第一期二十一巻、吉川弘文館、一九七六年）には「日本紀ニ、異国ヨリ癩人来朝、ケガラハシ追戻ントス。癩人云、吾ニ技アリ、蓬萊ヲ作ルト。仍テ蓬萊ノテイヲ仮山ニ作ル。コレ仮山ノ始也」とある。
（41）『麟書（及其他十二種）』（中華書局出版、一九九一年）。

(42) 新訂増補国史大系『扶桑略記　帝王編年記』第十二巻（吉川弘文館、一九四二年）。
(43) 小林正明「蓬萊の島と六条院の庭園」（『鶴見大学紀要』一九八七年三月）。
(44) 萩谷朴編『平安朝歌合大成』増補新訂　第二巻（同朋舎出版、一九九五年）。
(45) 田中幹子「源氏物語「胡蝶」の巻の仙境表現—本朝文粋巻十所収詩序との関わりについて—」（『伝承文学研究』一九九七年一月。後に『『和漢朗詠集』とその受容』（和泉書院、二〇〇六年）所収）。
(46) 新大系『拾遺集』では詞書にある「弾正の親王」を花山院の皇子の弾正尹清仁親王と解しているが、本章では新編全集『源氏物語』③「漢籍・史書・仏典引用一覧」四八二頁の説に従う。
(47) 『本朝怪談故事』（伝統と現代社、一九七八年）。
(48) 深沢三千男『源氏物語の形成』（桜楓社、一九七二年）によれば、六条院は光源氏の潜在王権の聖なる空間であり、天皇を凌ぐ理想的な王権理念が体現されているという。光源氏の潜在王権に関しては高橋亨『色ごのみの文学と王権—源氏物語の世界へ—』（新典社、一九九〇年）、小嶋菜温子『源氏物語批評』（有精堂出版、一九九五年）、河添房江『源氏物語表現史—喩と王権の位相—』（翰林書房、一九九八年）など。
(49) 田中隆昭「仙境としての六条院」（『国語と国文学』一九九八年十一月。後に『交流する平安朝文学』（勉誠出版、二〇〇四年）所収）によれば、庭園に仙境表現がみられるのは天皇に関わるものがほとんどであるという。庭における神仙思想と王権の関わりについては西本香子前掲論文など参照。小林正明前掲論文では『源氏物語』が「海漫々」の本来の意味を反転させたことで、六条院の繁栄が反転する可能性を読み解く。神仙思想の影響は『竹取物語』や『うつほ物語』などにもみえる。なお竹内正彦「明石入道の夢の図像—明石の一族・前史への試論—」（『日本文学論究』一九八八年三月。後に『源氏物語発生史論—明石一族物語の地平—』（新典社、二〇〇七年）所収）では明石入道の夢の中に顕現する「須弥の山」を皇統に関わるものと考える。
(50) 初音巻の男踏歌の場面にも「曙の空に春の錦たち出でにける霞の中かと見わたさる。あやしく心ゆく見物にぞありける」（初音③一五九頁）とあり、春の町で男踏歌を見物する女性たちの打出の様子が素晴らしく、その色合いが「霞の中」から立ち現れたかと思うほどであったと語られる。
(51) 三田村雅子『源氏物語―物語空間を読む』(筑摩書房、一九九七年)では、「「霞」に縁取られ、この世に姿を現した「仙界」のイメージこそ、なまなましい政争の世界から身を遠ざけようとする光源氏の六条院空間のめざすところであったのだ」(一一〇〜一一一頁)と説く。
(52) 芳香によって仙境を装うことは『懐風藻』にもみえている。森朝男『恋と禁忌の古代文芸史―日本文芸における美の起源―』(若草書房、二〇〇二年)、森朝男「芳香の成立」(『薫りの源氏物語』翰林書房、二〇〇八年)参照。
(53) 昭和二十四年(一九四九)の火災で焼失したため、複写・複製によってその姿を今日まで伝えている。
(54) 新訂増補国史大系『本朝文粋　本朝續文粋』第二十九巻下(吉川弘文館、一九四一年)。
(55) 本中真『日本古代の庭園と景観』(吉川弘文館、一九九四年)。
(56) 田中淡「中国建築・庭園と鳳凰堂―天宮飛閣、神仙の苑池―」(秋山光和編『平等院大観　第一巻　建築』岩波書店、一九八八年)によると中国では敦煌莫高窟壁画にかかれた方形の宝池を実体化させたような考古学的遺跡は未だ確認されていないが、たとえば円仁が訪れた五台山の竜池は方形であったという。敦煌莫高窟のような変相図は空想世界の建築庭園ではなく、その原型は中国のさらに古い時期に一種のユートピアを構想しながら実際に営まれた寺院、宮苑に求められると説く。
(57) 平成二十年(二〇〇八)には平成十五年(二〇〇三)に出土した木簡に『万葉集』に収められている和歌が記されていたことが分かり、改めて注目を集めている。
(58) 出土した方形池を「匂の池」跡とみる見解も多い。
(59) 奈良県立橿原考古学研究所編『飛鳥京跡苑池遺構調査概報』(学生社、二〇〇二年)参照。寺川眞知夫前掲論文でも斎明朝から天武、持統朝にかけての庭園は石の造りでも池の造りでも、仏教的な意味づけから神仙思想による意味づけに移行していったと見ている。
(60) 金子裕之「宮廷と苑池」(金子裕之編『古代庭園の思想―神仙世界への憧憬―』角川書店、二〇〇二年)では

「白錦後苑」を出水酒船石遺跡とみている。

(61)『東アジアにおける理想郷と庭園―「東アジアにおける理想郷と庭園に関する国際研究会」報告書―』（奈良文化財研究所・文化庁、二〇〇九年）では日本では大陸の影響を受けながらも中国・朝鮮半島とは異なる独自の庭園文化とそれを表す庭園が形成されたが、そのなかでも特筆すべきは仏の浄土世界を理想郷と見なし、それを具現する独自の浄土庭園様式が含まれていることであるという。

(62) 六条院そのものの復元についてはこれまで幾度も試みられてきた。浅尾広良「『源氏物語』の邸宅と六条院復元の論争点」（倉田実編『王朝文学と建築・庭園』竹林舎、二〇〇七年）参照。

(63) 河添房江「六条院王権の聖性の維持をめぐって―玉鬘十帖の年中行事と「いまめかし」―」（『国語と国文学』一九八八年十月。後に『源氏物語表現史―喩と王権の位相―』（翰林書房、一九九八年）所収）では、六条院で行われる年中行事運営を通じて四季を理念的に掌握し、国家経論を夢見る古代帝王のあり方そのままを想起させると述べている。

(64) 三田村雅子前掲書。

2 『作庭記』をめぐって――自然に「したがふ」場――

一 『作庭記』について

『作庭記』は平安期の寝殿造庭園の技法を伝える現存最古の庭園秘伝書である。現代では広く知られた書であるが、未だ著者及び著作時期が判然としない。正応二年（一二八九）の奥書がある谷村本には(1)

正応第二夏林鐘廿七朝徒然之余披見訖　愚老（花押）
後京極殿御書重宝也可秘々々　（花押）

とあり、愚老と称する人物が書き写したことが認められる。「後京極殿」とは九条良経のことであり、「御書」という点に注目すれば後京極が所有している本とも後京極が書いた本とも解釈できる。そもそも谷村本には書名がなく、『本朝書籍目録』によると、鎌倉期には『前栽秘抄』と呼ばれた秘伝書であり、寛文十二年（一六七二）には菊池耕斎（東匂）が『園池秘抄』という名を使用している。
谷村本が発見されるまでは群書類従本が一般に広く知られていた。[2]その奥書には

本伝

右一巻以後京極殿御自筆本不違一字書寫畢。

とあり、「後京極殿御自筆本」と記されていることから、『作庭記』を九条良経の著作とする説がある。[3]しかし谷村本奥書の花押は九条良経の曾孫で興福寺及び大乗院別当の慈信僧正にあたるものであるし、[4]近年では『作庭記』の内容と添加文書から橘俊綱を著者とする説が有力とされている。[5]こうした一方で木村三郎「『作庭記』新考」では造園用語の解明から『作庭記』の製作年代を十三世紀と想定し、[6]さらに室町時代を成立とする論も提示されている。[7]『作庭記』には類似する内容を持つ『山水抄』という書がある。飛田範夫「『作庭記』原本の推定」は、『山水抄』のほうが谷村本よりも時代的に古く、記述が詳細なため原本に近いと説く。[8]他に谷村本に類似しながら『山水抄』に含まれる記述部分がある「童子口伝書」の存在も確認されている。[9]このように『作庭記』というのは本文、書名、著者、著作時期に至るまで未だ不明な点が多いのである。

著者がはっきりしない『作庭記』であるが、その記述には延円阿闍梨と巨勢弘高の二人の絵師の名が登場する。延円阿闍梨とは『富家語』[10]に「賀陽院の石は絵阿闍梨の立つるところなり」と記される、絵に精通した人物であった。『作庭記』に「延円阿闍梨ハ石をたつること、相伝をえたる人なり。予又その文書をつたへえたり」とあるように、延円阿闍梨とは著者に作庭の技法を相伝したとされる人物である。弘高に関しても「弘高云、石□荒涼に立

べからず」と記され、当時は絵師が作庭と深い関わりをもっていたと考えられる。
延円阿闍梨から作庭を相伝されたとみられる『作庭記』の著者は高陽院（賀陽院）修造に関わりのある人物であった。

高陽院《かやのゐん》殿修造の時も、石をたつる人みなうせて、たま〳〵さもやとて、めしつけられたりしものも、いと御心にかなはずとて、それをバさる事にて宇治殿御みづから御沙汰ありき。其時には常《に》参て、石を立る事能々見きゝ侍りき。

高陽院を修造する際、石立てが出来る人が誰もおらず、宇治殿（藤原頼通）が自ら石立てを指示した。この時に著者も高陽院に参上して石立ての技術を見聞したという。頼通は治安元年（一〇二一）に賀陽親王の邸宅であった高陽院を伝領、拡充した。高陽院は長暦三年（一〇三九）、天喜二年（一〇五四）、承暦四年（一〇八〇）、天永三年（一一一二）と何度か焼失と再建を繰り返しているが、(11)『作庭記』にみられる高陽院再建記事は長暦三年の焼失前後のことと考えるのが一般的である。(12)『作庭記』の著者と目される橘俊綱は頼通の実子であり、『尊卑分脈』(13)に「号伏見修理大夫水石得風骨」と記されるように作庭に造詣の深い人物であった。(14)こうしたことから延円阿闍梨から頼通、俊綱へと作庭の相伝があったのではないかと推定されている。(15)
俊綱の庭園観については『今鏡』(16)に次のように残されている。

白河の院。いちのをもしろき所はいづこかある。ととはせたまひければ。一にはいしだこそ侍れ。次にはとおほせられければ。高陽院ぞさぶらふらんと申に。第三にはとばありなんやとおほせられければ。鳥羽殿は君のかくしなさせ給たればこそ侍れ。地形眺望などいとなき所なり。第三には俊綱がふしみなどやさぶらふらんとぞ申されける。こと人ならばいと申にくきことなりかし。高陽院にはあらで平等院と申人もあり。

（巻四ふじなみの上「ふしみの雪の朝」）

白河院から名邸を問われた俊綱は石田殿、高陽院もしくは平等院、そして自邸である伏見亭の三つを挙げ、白河院の鳥羽離宮は地形、眺望の点でこれらの名邸には及ばないと答えた[17]。鳥羽離宮は「八幡の行幸つごもり方にありて、還さにかの鳥羽院におはしまさせたまふ。十余町を籠めて造らせたまふ。十町ばかりは池にて、はるばると四方の海のけしきにて、御船浮べなどしたる、いとめでたし」（『栄花物語』③五二〇〜五二一頁）と記されるように、海のように広大な池の中に蓬萊山を築いた風光明媚な離宮であった[18]。しかしながら俊綱は建設されて間もない白河院の巨大な鳥羽離宮ではなく自身の邸の伏見亭と高陽院を名邸に選定している。白河院との問答から自分の邸、自身の庭園に対する強い自負が透かし見える。高陽院を名邸に挙げるのもそれが実父、頼通につながる邸であり、自身もまたその修造に立ち会った強い思い入れが関係しているからではないのか。俊綱自身が作庭に造詣の深い人物であることも含め、通説どおり『作庭記』の著者は橘俊綱であると考えておきたい。

高陽院に関しては『栄花物語』や藤原実資の『小右記』に詳細な記録が残る。

この世には冷泉院、京極殿などをぞ人おもしろき所と思ひたるに、この高陽院殿の有様、この世のことと見えず、海竜王の家などこそ、四季は四方に見ゆれ、この殿はそれに劣らぬさまなり。例の人の家造りなどにも違ひたり。寝殿の北、南、西、東などにはみな池あり。中島に釣殿たてさせたまへり。東の対をやがて馬場の御殿にせさせたまひて、その前に北南ざまに馬場せさせたまへり。目もはるかにおもしろくめでたきこと、心もおよばず、まねびつくすべくもあらず、をかしうおもしろしなどは、これをいふべきなりけりと見ゆ。絵などよりは、これは見どころありおもしろし。

(『栄花物語』②四一七~四一八頁)

「こまくらべの行幸」は長暦三年の高陽院焼失前、万寿元年(一〇二四)九月に行われた後一条天皇による駒競行幸を取り上げる。これによれば高陽院は名邸と名高い冷泉院と京極殿(=土御門邸)をしのぎ、四方に四季を配置した竜宮にも劣らない壮麗さを持ち、「例の人の家造りなどにも違ひたり」と通常の寝殿造様式とは異なる寝殿の四方に池が広がる独特な造りであった。『作庭記』にはこの高陽院造営に関して「そのあひだよき石もとめてまいらせたらむ人をぞ、こゝろざしある人とハしらむずると、おほせらるゝよしきこえて、時(の)人、公卿以下しかしながら辺山にむかひて、石をなんもとめはべりける」という記述がある。良質の石を頼通に献上しようと権力者や公卿が皆、付近の山に出向いて石を捜し求めたのであり、高陽院造営は献上という形で石の調達を行っていることが分かる。(19)

庭園文化は身分に関係なく財力のある者によって発揮される。

所のさまをばさらにもいはず、作りなしたる心ばへ、木立、立石、前栽などのありさま、えもいはぬ入江の水など、絵に描かば、心のいたり少なからん絵師は描き及ぶまじと見ゆ。月ごろの御住まひよりは、こよなく明らかになつかし。御しつらひなどえならずして、住まひけるさまなど、げに都のやむごとなき所どころに異ならず、艶にまばゆきさまはまさりざまにぞ見ゆる。

(明石②二三四~二三五頁)

明石の入道の邸は「げに都のやむごとなき所どころに異ならず、艶にまばゆきさまはまさりざまにぞ見ゆる」とあるように、その住まいは都の高貴な身分の人の邸の風情に変ることなく、むしろ眩しいほどに華やかな様子が優っている。そのような豪勢な生活を語るものが「木立、立石、前栽などのありさま、えもいはぬ入江の水」なのである。都での官位を捨て、夢の実現のために受領となり蓄財をしていた明石の入道の経済力が庭園の叙述によって示されている。[20]『江談抄』[21]巻三「致忠石を買ふ事」に備後守藤原致忠が由緒ある閑院を整備するために姦策によって風流ある石を手にいれた逸話が残るように、財力さえあれば受領たちもまた庭園文化を継承していた。

こうした一方でたとえば『伊勢物語』に登場する山科宮禅師親王のような風流な文化人も作庭に精通している。[22]そもそも山科宮禅師親王に献上しようとした「紀の国の千里の浜にありける、いとおもしろき石」（一八〇頁）は、もとは清和天皇の西京三条行幸の際に献上されたものであった。[23]こうした文化の継承が献上という形で行われていることは興味深いが、財力だけによって庭園文化を継承する受領などとは異なり、頼通や清和天皇の場合のように奉仕、献上されることでより強い権勢が誇示されるのであろう。[24]『富家語』には延円阿闍梨がこの高陽院の作庭を手掛けた記録があり、[25]高陽院作庭を通じて延円阿闍梨、頼通、俊綱の連関が浮かび上がってくる。

二　石の求め――「こはんにしたがふ」――

頼通は高陽院を修造する際「石をたつる人みなうせて」いたため、自らが作庭を指示することになった。『作庭記』のいう「石をたつる」とは「すべて石ハ、立る事ハすくなく、臥ることはおほし。しかれども石ぶせとはいはざるか」という記述から、単に石を立てることではなく作庭そのものを示す言葉と考えられる。

谷村本は巻子本二巻[26]からなり、上巻では作庭の技法を、下巻の口伝では作庭の伝承を述べる。「立石口伝」には「石をたてんにハ、先左右の脇石前石を寄立むずるに、思あひぬべき石のかどあるをたてをきて、奥石をば[27]その石の乞にしたがひてたつるなり」とある。奥石を作庭者の思いのままに置くのではなく、奥石の求めに従って立てるという表現は人間が自然と融合し、石の心に従うことを意味する。西洋庭園は自然を他者として捉えているといわれるが[28]、日本では人間が自然に「したがひ」、同調、調和することを基本に作庭することが求められているのである。

『作庭記』には「こはんにしたがふ[29]」という記述が六箇所ある。

①大河のやうは、そのすがた竜蚍のゆけるみちのごとくなるべし。先石をたつることは、まづ水のまがれるところをハじめとして、おも石のかどあるを一(つ)たてゝ、その石のこはんを、かぎりとすべし。口伝アリ。

②磯しまは、たちあがりたる石をところ〴〵にたてゝ、その石のこはんにしたがひて、浪うちの石をあら《荒》ゝかにたてわたして、

③次(に)左右のわき石のまへに、よき石の半ばかりひきをとりたるをよせたてゝ、その次々は、そのいしのこはんにしたがひて、たてくだすべし。

④或(は)透廊のしたより出たる所、或山鼻をめぐる所、或池へいるゝ所、或水のおれかへる所也。この所々に石をひとつたてゝ、その石のこはむほどを、多も少もたつべき也。

⑤石をたてんにハ、まづおも石のかどあるをひとつ立おゝせて、次々のいしをバ、その石のこはんにしたがひ

て立べき也。
⑥石をたてんにハ、先左右の脇石前石を寄立むずるに、思あひぬべき石のかどあるをたてをきて、奥石をばその石の乞にしたがひてたつるなり。

このように六例すべての用例で「こはん」の前に「その石の」という修飾語がつき、作庭は自然石の求めに従って行うことを重視していることが分かる。(30)この『作庭記』で「石立て」のことを作庭と解しているように、庭園技術の中で最も重要視されている要素は石である。『作庭記』は「石をたてん事、まづ大旨をこゝろふべき也」という一文から始まるが、物語にも「立石」という言葉が登場する。

前栽どもの折れ臥したるなど繕はせたまふ。「ここかしこの立て石どももみな転び失せたるを、情ありてしなさばをかしかりぬべき所かな。かかる所をわざと繕ふもあいなきわざなり。さても過ぐしはてねば、立つ時ものうく心とまる、苦しかりき」など、来し方のことものたまひ出でて、（松風②四一一頁）

『源氏物語』松風巻は、かつての中務宮邸の荒廃の激しさを庭園の叙述を通して物語る。源氏は庭園の整備を指示するが、その修復を命じながら、かえって明石の君が再度移転するときに執着するのではないかと懸念する。中務宮邸は「相継ぐ人もなくて、年ごろ荒れまどふ」（松風②三九八頁）と邸を相続する人もおらず、邸を管理していた「宿守のやうにてある人」がその所有を暗に主張する場面がある。他に入居する子孫もなく、受領の妻である明石の尼君が地券を持っていたことから考えれば、中務宮家は没落していたのだろう。『作庭記』は「石をバつよくたつべし。つよしとふは、ねをふかくいるべきか」「石をたてゝハ、石のもとをよく〳〵つきかためて、ちりバかりのすきまもあらせず、つちをこむべきなり」と記し、石を強く深く埋めることを指示している。こうした記述から立石という表現はその盤石性を強調している表現であると考えられる。(31) つまり不動であるはずの「立て石」の転倒、消失は中務宮家の繁栄が失われたことを意味するのである。もともと立石は縄文時代後期にみられる遺構であり「祭祀の場としての庭の原初的機能をもつ」といわれる。(32) こうした遺構の立石が庭園技術に投影される遠因ではないかと考えられる。(33) 立石は神の依代であったという指摘もあるように、(34) 神の宿る石はそれゆえ霊力のある畏怖の存在である。

『作庭記』の「其禁忌といふハ」には「霊石」という語がたびたび登場する。

⑦もと立たる石をふせ、もと臥る石をたつる也。
かくのごときしつれバ、その石かならず霊石となりて、たゝりをなすべし。

⑧高さ四尺五尺になりぬる石を、丑寅方に立べからず。或ハ霊石となり、或魔縁入来のたよりとなるゆへに、その所ニ人の住することひさしからず。但未申方に三尊仏のいしをたてむかへつれバ、たゝりをなさず。魔縁いりきたらざるべし。

⑨霊石は自高峯丸バし下せども、落立ル所ニ不違本《(ノ)》座席也。如此石をバ不可立、可捨之。
又過五尺石を、寅方ニたつべからず。自鬼門入来鬼也。

⑦では、もともと立っていた石を倒して用いたり、逆に倒れていた石を立てて使うと、その石は霊石となって祟

りをおこすという。作庭では自然に置いてあった石の姿を生かして配石することが求められているのである。これこそが『作庭記』で繰り返される「こはん（乞）にしたがふ」という姿勢であると考えられる。⑨では霊石は高い峰からいくら転がしても、必ず元々の天地に落ち着くとある。これは元の姿に戻ろうとする意志が石にあるということであろう。すでに霊石となってしまった石を、もしその場から動かせば祟りが起きるかもしれないので、作庭で使うことを禁じている。

⑧と⑨の後半部では巨石と鬼門の関係を述べ、高さが四、五尺ほどの巨石を鬼門の方角（丑寅の方角）に置くことを禁じる。巨石はもともと霊石として力をもっているので、祟りを起こすかもしれないこと。鬼が侵入するための目印となるかもしれないので、巨石を鬼門の方角に置くことを禁忌としている。「山若《もしは》河辺に本ある石も、其姿をえつれバ、必石神となりて、成祟事国々おほし。其所に□《人》久からず」と自然の中にある石でさえも、禁忌を犯せばその石は「石神」となって祟りを起こすと述べるように、石に対する信仰が作庭に強く影響しているとみられる。

『続日本紀』[35]には宝亀元年（七七〇）二月の条に石の祟りに関する記録がある。

破却西大寺東塔心礎。其石大方一丈餘。厚九尺。東大寺以東。飯盛山之石也。初以數千人引之。日去數歩。時復或鳴。於是。盆人夫。九日乃至。即加削刻築其巳畢。時巫覡之徒。動以石祟爲言。於是。積柴焼之。灌以卅餘斛酒。片片破却。棄於道路。後月餘日。天皇不悆。卜之破石爲祟。即復拾置浄地。不令人馬踐之。今其寺内東南隅數十片破石是也。

記録によると西大寺東塔の心礎に据えるために、東大寺東の飯盛山から巨石を運んできた。「時復或鳴」「卜之破石爲祟」と飯盛山から運び出されるときに石が鳴り、破石となったとき天皇に祟りを起こした。つまりこの巨石もまた霊石であったといえよう。

『作庭記』でも巨石を邸の近くに立てると凶事が続くと記され、巨石に特別な霊力があると信じていたようである。[36] 石の霊力を封じるために、邸の庭には霊石を用いないことや霊石になり得る巨石に対して⑧「但未申方に三尊仏のいしをたてむかへつれバ、たゝりをなさず。魔縁いりきたらざるべし」と三尊仏の立石を対面させることを説く。三尊仏に関しては「石をたつるに、三尊仏の石ハたち、品文字の石ハふす、常事也」「三尊仏の立石を、まさしく寝殿にむかふべからず」「又三尊仏の立石をバ、とをくたてむかふべしといへり」など繰り返され、仏教的な力によって石の霊力を封じようとする。三尊石組の手法が記されるように、石は宗教や思想を表現するものでもあり、その意味で庭は単なる即物的空間ではない。「こはんにしたがふ」という態度が石に向けられるのは、盤座など自然石に対する古代信仰が作庭に強く影響しているからであろう。[37]

霊石という形ではないが、こうした石の不可思議な力は『源氏物語』にも取り込まれている。源氏は明石に下る乳母に「いつしかも袖うちかけむをとめ子が世をへてなづる岩のおひさき」（澪標②二八九頁）という和歌を託している。「なづる岩」とは四十里四方の巨岩が、三年に一度舞い降りる天女の羽衣に撫でられて、次第に擦り減っていく長い時間「永遠」を表現した言葉である。[38] この世ならぬものが舞い降りる岩という意味では磐座と同類のものであるだろう。常に変わらない盤石なものであるから神が降臨することができるのである。源氏は京から遠く離れた明石の地で誕生した姫君の末長い繁栄を祈り、岩を姫君に擬えてこの歌を詠んだが、この歌が予兆していたように明石の姫君によって光源氏一族に繁栄がもたらされた。

『作庭記』は仏教や神仙思想、盤座などの古代信仰、陰陽五行思想、四神相応など複数の思想を強く意識し、配石、池の形、遣水の流れ、築山の配置、樹木の植え方などをこれらによって制約している。作庭にこうした禁忌事項が加えられるのは「但近来此事委《くはしく》しれる人なし。たゞ生得の山水なんどをみたるばかりにて、禁忌をもわきまへず、をしてする事にこそ侍めれ」と自然の風景をみただけで禁忌事項を考慮せずに作庭してしまう場合があるからだという。この一方で「生得の山水をおもはへて」「家主の意趣を心にかけて、我風情をめぐらして」「国々の名所をおもひめぐらして」と冒頭に記すように、自然の風景や名所を思い浮かべ、家主の意向を反映し、なおかつ実際に作庭を指示する人の趣向を凝らして造園する必要があるとも述べる。家主や作庭者の意向、自主性が作庭心得の縦糸だとすれば、作庭の禁忌事項は横糸であり、二つの糸の織り成す調和によって造園美を創造しようとするのだろう。「こはんにしたがふ」という石に向けられた言葉には、そうした自由な自然造形の態度と自然に対する謙虚な姿勢、畏敬の念が包含されているのである。(39)

三　自然に「したがふ」場

『作庭記』には前述した「こはんにしたがふ」の他にも「したがふ」という言葉が十一例ある。

⑪地形により、池のすがたにしたがひて、よりくる所々に、風情をめ□□□□《ぐらして》、生得の山水をおもはへて、その所々は□《き》こそありしかと、おもひよせ〳〵たつべきなり。

⑫池をほり石をたてん所にハ、先地形をミたて、たよりにしたがひて、池のすがたをほり、嶋々をつくり、池へ

いる水落ならびに池のしりをいだすべき方角を、さだむべき也。

⑬又嶋をゝくことは、所のありさまにしたがひ、池(の)寛狭によるべし。

⑭又山をつき野すぢをゝくことは、地形により、池のすがたにしたがふべきなり。

⑮石をたてん所々の遠近多少、ところのありさまにしたがひ、当時の意楽によるべし。

⑯石のやう〳〵をば、ひとすぢにもちゐたてよとにはあらず。池のすがた地のありさまにしたがひて、ひとついけに、かれこれやうをひきあハせて、もちゐることもあるべし。池のひろきところ、しまのほとりなどにハ、海のやうをまねび、野筋のうへにハ、あしでのやうをまなびなんどして、たゞよりくるにしたがふなり。

⑰つたひおちは、石のひだにしたがひて、つたひおつるなり。(略)。風流なく滝のたけにしたがひて二重にも三重にもおとすなり。

⑰遣水ハいづれのかたよりながしいだしても、風流なく、このつまかのつま、この山かの山のきはへも、要事にしたがひて、ほりよせ〳〵おもしろくながしやるべき也。

⑱石をたてんにハ、先大小石をはこびよせて、立べき石をばかしらをかミにし、ふすべき石をばおもてをうへにして、庭のおもにとりならべて、かれこれがかどをみあハせ〳〵、えうじにしたがひて、ひきよせ〳〵たつべき也。

「地形により」「先地形をミたて」「地のありさま」と繰り返されるように、作庭の基本は地形に「したがふ」ことにある。そして「池のすがた」は地形に「したがひ」、島や築山、野筋、遣水、石などの意匠は「地形」「池のすがた」「ところのありさま」に「したがふ」ことを求められている。作庭は自然石だけではなく、自然そのものに従うことが本質とされているのである。作庭者は家主の意向や自分の趣向、地形によって庭園設計を行い、地形に合う池を造り、池の形に合った島や築山を築き、それに合った配石や植樹をし、「要事にしたがひて」遣水を流さなければならない。自然に「したがひ」、同調することを繰り返すことで造園美の調和を完成させるのである。

そもそも王朝時代の人々にとって自然はどのような存在なのか。秋山虔「源氏物語の自然と人間」は「人間の内面が自然のかたちをとり、自然のかたちが人間の内面の表象である」と指摘する。(40) たとえば『蜻蛉日記』中巻の初瀬詣の記事は大いなる自然の荒振りを描くものであり、「雨風いみじく降りふぶく」「雨や風、なほやまず、火ともしたれど、吹き消ちて、いみじく暗ければ、夢の路のここちして、いとゆゆしく、いかなるにかとまで思ひまどふ」「雨も知らず、ただ水の声のいとはげしきをぞ、さななりと聞く」（二六〇頁）など激しい風雨、溢れる水の音が繰り返される。『蜻蛉日記』中巻では大勢の子の母である時姫との差を思い知り、第二の女、近江の出現に心乱れ、兼家の愛情に不審を抱いた道綱母は鳴滝に籠る。兼家への未練を捨てるのか、今まで通り兼家の訪問を黙って待ち続けるのか、兼家ゆえの悩み、嘆きは深い。山寺で修得した勤行でさえ心の支えにはならず、初瀬詣における激しい風雨は舟で仮寝をする道綱母の眠りを妨害する。「よろづにおぼゆることいと多かれど」（二五九頁）と内面に抱え込む懊悩を、荒れ狂う自然が代弁するかのように自然が道綱母の心を映し、深遠な自然との交感が日記に刻まれている。(41) 自然と人間は「根源的紐帯」によって結ばれているのである。(42)

野村精一「光源氏とその〝自然〟―六条院構想をめぐって―」によれば、このような風景との一体感は庭という囲い込まれた自然が造られるようになったことで、より象徴的に体系付けられるようになったという。(43) 前章で述べたように、古代庭園には外来思想や古代信仰の影響が見られ、特に海洋風景を礎にして複数の思想や信仰を反映する場になっている。理想郷を模した海洋風景を縮景していた庭は、平安期に入ると特定の海洋風景を模写するようになる。陸奥松島の塩釜海岸の風景を模した源融の河原院や丹後の天の橋立を模した大中臣輔親の六条院がそれである。このような特定の海洋風景を造物である「州浜」に再現し、[44]その風景を主題に歌合が行われるようになったことは、庭が文化的・文学的な場としてだけではなく、情緒的な場としての一面を持っているといえる。庭が自然に「したがひ」作庭されているとすれば、自然と同質のものである庭もまた人々の心と同化し一体化する。穏やかな遣水の流れに心を癒し、風によって激しく揺れる前栽に不安を抱くように、人々の心情が時に庭園風景に共感、呼応する。庭を通して自然と人間は深く強くつながっている。

こうした庭の機能に絵師の存在があることも見過ごすことはできない。前述したように、『作庭記』には延円阿闍梨と巨勢弘高の二人の絵師の名が登場し、当時、絵師が作庭と深い関わりを持っていた。『拾介抄』[45]には「閑院二條南西洞院西一町、冬嗣大臣家、金岡疊「水」石、公季公《(卿)》傳領云云」とあり、絵師である巨勢金岡が藤原冬嗣の閑院に水石を配したと伝える。『作庭記』に登場する弘高は金岡の曾孫にあたり、金岡から弘高へ作庭相伝がなされているとみられる。[46]

作庭と絵画の関係を象徴する場面は『栄花物語』にもみえている。

> 劣らじ負けじと挑みかはして、絵所の方には洲浜を絵に書きて、くさぐさの花、生ひたるに勝りて書きたり。遣水、巌みな書きて、銀の籬のかたにして、よろづの虫どもを住ませ、大井に逍遙したるかたを書きて、鵜船に篝火ともしたるかたを書きて、虫のかたはらに歌は書きたり。造物所の方には、おもしろき洲浜を彫りて、潮みちたるかたをつくりて、色々の造花を植ゑ、松竹などを彫りつけて、いとおもしろし。
>
> （『栄花物語』①五六～五七頁）

右の箇所は前栽合の場面であるが、清涼殿の前に植えた自然の前栽ではなく花や遣水、巌石など庭を象った州浜台の絵と、造花を飾り松竹を彫った実物の州浜台によって優劣を争っている。IIで後述しているように、もともと庭園設計には小さな模型の様なものがあったのではないかと考えられ(47)、造園と造物には密接な関係がある(48)。しかしこの引用場面のように絵画と造物がともに庭を象り競技の対象にされていることを合せ見ると、絵画も庭園設計のための写生画として使われていたのではないかと考えられる。こうした流れの中で、絵師が庭の絵を描くだけではなく、実際に作庭指示を行うことにつながっていったのではないだろうか(49)。前述した「こまくらべの行幸」における高陽院は「この高陽院殿の有様、この世のことと見えず」とこの世のものとも思えないほどの壮麗な邸の様子が「絵などよりは、これは見どころありおもしろし」と記され、大和絵と比較されているし、明石の入道邸も「絵に描かば、心のいたり少なからん絵師は描き及ぶまじと見ゆ」と優れた絵師でなければ、美しい庭を絵に描き込めることはできないと語られる。このような絵師と庭園に関わる叙述は『源氏物語』胡蝶巻の六条院を称える表現にも「ただ絵に描いたらむやうなり」「物の絵様にも描き取らまほしきに」（胡蝶③一六六〜一六七頁）とあり、文脈の奥に象られた絵画と作庭の強いつながりが認められる。自然や庭園風景は時に人々の内面と同化するが、絵画もまた享受者の共感を得るような手法を用いることから、まさに自然―庭―絵画が円環しているといえるのである。もとより物語の庭も単なる作品の背景ではなく、登場人物の心情と響きあう共同体のように景情一致する空間として描かれる(50)。こうした物語の庭もまた、自然に「したがふ」という「根源的紐帯」から始発しているのであろう。

註

(1) 日本思想大系『古代中世芸術論』(岩波書店、一九七三年)。所収の『作庭記』は谷村本。本書における『作庭記』の引用は特に言及がない限りこれに従う。谷村本の系統としては静嘉堂文庫本がある。
(2) 『群書類従』第十九輯(群書類従完成会、一九五一年)。谷村本発見経緯については、I「1 庭の発生」の註(16)参照。
(3) 寛文丙午六年(一六六六)の野間三竹の書にも「後京極良経之自書之作庭記」と記されている。
(4) 柳谷本には「此奥書者天台座主慈信僧正也」とある。
(5) 小沢圭次郎「園苑源流考」(『国華』一八九三年)、小沢圭次郎「明治庭園記」(日本園芸研究会編『明治園芸史』日本園芸研究会、一九一五年)。
(6) 『造園雑誌』一九八四年三月。
(7) 外山英策『室町時代庭園史』(岩波書店、一九三四年)、久恒秀治『作庭記秘抄』(誠文堂新光社、一九七九年)。
(8) 『長岡造形大学研究紀要』第七号、二〇〇九年。
(9) 江上綏「「童子口伝書つき山水并野形図」の成立とその性格—上—」(『美術研究』一九六五年一月)、江上綏「「童子口伝書つき山水并野形図」の成立とその性格—下—」(『美術研究』一九六五年三月)参照。飛田範夫『「作庭記」からみた造園』(鹿島出版会、一九八五年)によると、江戸期より前の作庭書としては『作庭記』『童子口伝書』『山水并野形図』『嵯峨流庭古法秘伝之書』の四冊が存在していたという。
(10) 新大系『江談抄　中外抄　富家語』四二二頁。
仰せて云はく、「賀陽院の石は絵阿闍梨の立つるところなり。滝の辺なる大石は、土御門右大臣殿の引かしめ給ふなり。件の石を引く間、人夫一人、石に敷かれて跡形なくなりにけり。滝の南なる次の大石は、宇治殿の右大将殿の曳かるるなり。一家の人々の曳かしめ給ふなり。滝は、本の滝は放ちて落ちたり。またの滝は副ひて落つるなり」と。

なお「土御門右大臣殿」である源師房、「宇治殿の右大将」である藤原通房の出生年次から、この記録は長暦三年焼失後の再建記事と考えられる。

(11) 高陽院は火災のたびに再建されているため、その邸宅は朧谷寿「十一世紀の高陽院について」(山中裕編『平安時代の歴史と文学　歴史編』吉川弘文館、一九八一年)、太田静六『寝殿造の研究』(吉川弘文館、一九八七年)などによって第一期から第四期に分類、整理されている。

(12) 森蘊『平安時代庭園の研究』(桑名文星堂、一九四五年)、田村剛『作庭記』(相模書房、一九六四年)参照。

(13) 新訂増補国史大系『尊卑分脈』第五十八巻(吉川弘文館、一九五七年)。

(14) 『作庭記』と橘俊綱との関係については、註(12)森蘊前掲書、田村剛前掲書、田中正大「庭園論としての作庭記」(『芸能史研究』一九六六年十月)、森蘊『「作庭記」の世界　平安朝の庭園美』(日本放送出版協会、一九八六年)、太田静六前掲書、小埜雅章『図解庭師が読みとく作庭記』(学芸出版社、二〇〇八年)など参照。

(15) 重森完途「「作庭記」の成立」(『図書』一九九〇年十二月)。久恒秀治前掲書は『作庭記』のこの引用は偽書的要素が強いとして、橘俊綱著者説を否定する。

(16) 新訂増補国史大系『今鏡　増鏡』第二十一巻下(吉川弘文館、一九四〇年)。

(17) 白河院と俊綱の庭園をめぐる応酬については、本中眞「橘俊綱の名園選考について」(『日本古代の庭園と景観』吉川弘文館、一九九四年)が詳しい。

(18) 検出された遺構から阿弥陀堂の存在が確認されているため、鳥羽離宮は浄土庭園であったと考えられる。

(19) 上杉和彦「平安時代の作庭事業と権力―庭石の調達を中心に―」(服藤早苗編『王朝の権力と表象―学芸の文化史―』森話社、一九九八年)参照。なお高陽院の発掘調査では建物の礎石が見つかり、和泉砂岩という海辺の石であったことが判明している。(財団法人　京都市埋蔵文化財研究所監修『紫式部の生きた京都―つちの中から―』ユニプラン、二〇〇八年七月)参照。作庭と奉仕に関しては、上杉和彦「『栄花物語』の庭園関連記事をめぐる一考察」(山中裕・久下裕利編『栄花物語の新研究―歴史と物語を考える―』新典社、二〇〇七年)にも指摘がある。

(20) 秋山虔「播磨前司、明石の入道」(『講座源氏物語の世界』第三集、有斐閣、一九八一年)参照。
(21) 新大系『江談抄　中外抄　富家語』八〇～八一頁。
また命せられて云はく、「備後守致忠元方の男閑院を買ひて家と為す。泉石の風流を施さんと欲ふに、いまだ立石を得ること能はず。すなはち金一両をもつて石一つを買へり。件の事洛中に風聞す。件の事をもつて業と為す者、この事を伝へ聞き、争つて奇巌怪石を運載し、もつてその家に到りて売らんとす。ここに致忠答へて云はく、「今は買はじ」と云々。石を売る人すなはち門前に抛つと云々。しかる後、その風流有るものを撰んで立つ」と云々。
(22) 飯沼清子「水石の風流」(『成城文藝』二〇〇三年十二月)も文化の継承に財力が必要不可欠であることを指摘する。
(23) 清和天皇が常行の父である西京三条の藤原良相の百花亭に行幸したのは、貞観八年(八六六)のこと。多賀幾子の死は天安二年(八五八)であるため、『伊勢物語』の内容は史実と一致しない。
(24) 上杉和彦前掲論文。上杉和彦「作庭をめぐる意識の相克―摂関政治期を中心に―」(『古代学研究所紀要』二〇〇七年三月)では「奉仕」に着目し、作庭には税を課したり年貢を取ったりといった経済の動きとは違う側面があることを指摘する。併せて参照。
(25) 註(10)の引用。
(26) 谷村本は、本来は一巻であったものを後世に装丁し、上下巻としている。
(27) 谷村本、群書類従本は「奥石」と解するが、これを「具石」と解釈する見解もある。田中正大前掲論文、小埜雅章前掲書参照。
(28) 白幡洋三郎『庭園の美・造園の心―ヨーロッパと日本』(日本放送出版協会、二〇〇〇年)、中山理『イギリス庭園の文化史―夢の楽園と癒しの庭園―』(大修館書店、二〇〇三年)など。
(29) 群書類従本では「ごばん」と訓じて「碁盤」説を説き、針ヶ谷鐘吉『『作庭記』中の「こはん」の意義について」

（『造園雑誌』一九六七年三月）は「こはん」の三字から「小半」の字を当て、「乞」は「色」の誤写であるとする。近藤公夫「作庭記の「こはんにしたかひて」に関する一考察」（『造園雑誌』一九七一年三月）では現代の漢字にあてはめれば「乞」より「請」の字がより適当ではないかという。また小埜雅章前掲著では「こはん」は「跨」という語で石が跨って立つ様子を表現していると説く。本章では註（12）森蘊前掲著、田村剛前掲著の両説に従い「乞」説を支持する。

(30) 田中正大前掲論文は、『作庭記』の本質は、「乞はんに従う」という言葉に象徴されるような、自然に従う作庭の態度であると述べる。

(31) 飯沼清子前掲論文も立石に注目し、「ことに「松風」巻における「立石」という言葉は作庭の伝統を引継ぐ風流の空間をふたたび現出させようとする作者の方法であったといえるだろう」（三一頁）と述べている。

(32) 田中哲雄『発掘された庭園』（至文堂、二〇〇二年二月）。立石では大湯環状列石の「日時計状組石」が最も有名。環状列石は墓標という説も強く支持されている。

(33) 小野健吉『日本庭園―空間の美の歴史』（岩波書店、二〇〇九年）は縄文時代の配石遺構や立石が庭園の意匠につながるものではないという。

(34) 林田孝和「文学発生の場―「庭」をめぐって―」（『野州国文学』一九九四年十月。後に『源氏物語の創意』（おうふう、二〇一一年）所収）。

(35) 新訂増補国史大系『続日本紀』第二巻（吉川弘文館、一九六六年）。

(36) 中路正恒『日本感性史叙説』（創言社、一九九九年）では石の呪性について論じる。

(37) Ⅰ「1　庭の発生」参照。

(38) 「劫」の故事である『菩薩瓔珞本業経』など。「劫」とは仏教用語で極めて長い時間、永遠を意味する。重要文化財の五劫思惟阿弥陀如来坐像は、五劫に入った長い時間を髪の長さによって表現した異形の如来像である。

(39) 田中正大前掲論文でも禁忌事項は作庭家の自由を奪うほどのものではなく、主体性、自由さ、自然に対する謙虚さが「乞はんに従う」の言葉の中に含まれていると指摘する。
(40)『王朝女流文学の世界』（東京大学出版会、一九七二年）六七頁。
(41)三田村雅子「平安女流日記文学の自然―疎外された自然・蜻蛉日記の「水」と「火」―」（女流日記文学講座第一巻『女流日記文学とは何か』勉誠社、一九九一年）。
(42)伊東俊太郎『文明と自然―対立から統合へ』（刀水書房、二〇〇二年）二三七頁。
(43)阿部秋生編『源氏物語の研究』（東京大学出版会、一九七四年）。
(44)II「2「州浜」考」において「州浜」と庭園の関わりについて論じている。
(45)新訂増補故実叢書『拾芥抄』第二十二巻（明治図書出版、一九五二年）。『拾芥抄』は他にも金岡が神泉苑の配石も行ったと伝える。しかし、外山英策『源氏物語の自然描写と庭園』（丁子屋書店、一九四三年）では『拾芥抄』の記事と金岡の生存時期が合わないことを指摘する。
(46)巨勢氏の系図については不明な点が多いが、絵合巻には金岡の子といわれ、宮廷絵師である巨勢相覧や巨勢公茂の名が登場する。
(47)水野正好「古代庭園の成立とその道程」（金子裕之編『古代庭園の思想―神仙世界への憧憬―』角川書店、二〇〇二年）。
(48)II「2「州浜」考」参照。
(49)註（9）に同じ。飛田範夫前掲書も絵師と作庭の関わりを述べる。
(50)河添房江「『源氏物語』の自然―カノンからの離陸」（岩波講座文学7『つくられた自然』岩波書店、二〇〇三年。後に『源氏物語時空論』（東京大学出版会、二〇〇五年）所収）では『源氏物語』を日本文化のカノンとするメタレベルの〈大きな物語〉から、登場人物の五感と切り結ぶ〈小さな物語〉へ『源氏物語』の自然の研究史が転換していったことを指摘する。

II

海と庭の風景

―ミニチュア世界の誕生―

1　『万葉集』の庭──海の面影──

Ⅰで述べたように上代では「には（庭）」[1]は現在の庭、いわゆる「庭園」を意味する語ではなかった。「庭」という字は政務や儀礼が執り行われた広場を示す「廷」に、屋廡の「广」を加えたものであるといわれている。[2]

丁酉に、客等、朝庭を拝む。是に、秦造河勝・土部連菟に命せて、新羅の導者とし、間人連塩蓋・阿閉臣大籠を以ちて任那の導者とす。共に引きて南門より入り、庭中に立てり。時に大伴咋連・蘇我豊浦蝦夷臣・坂本糠手臣・阿倍鳥子臣、共に位より起ちて、進みて庭に伏せり。

（『日本書紀』②五六三〜五六四頁）

推古紀十七年（六〇九）の七月、新羅と任那の使者が筑紫に来朝し、十月に京に到着した一行の儀礼が「朝庭」で執り行われた。一行は南門から「庭中」に立ち、進み出て「庭」に伏したとある。このような「庭」は政務や儀礼が執り行われた広場であったと考えられ、今日の庭園の形態とは異なるものである。そもそも庭とは空間概念であり、「場」の概念である。[3]またこの「場」という語も「庭」から転じた語であった。[4]

『日本書紀』には百済から来朝した路子工が南庭、すなわち南側の広場に須弥山と呉橋を造ったという記事がある。ここから南庭という広場に海に隣接する意匠を取り入れていることが浮かび上がり、庭園の原点には海の面影があることが認められる。Ｉでは庭に投影されている思想的観点から海と庭の関係を論じたが、本章では『万葉集』の庭園風景を辿りながら、万葉人が海に憧憬を抱き、その海洋風景をミニチュア化する様相を考察する。

一　「やど」の意味するもの――歌語「わがやど」――

大伴家持が弟書持の訃報を聞いて、悲嘆に暮れて詠んだ「長逝せる弟を哀傷びたる歌一首并せて短歌」（『万葉集』[5]三九五七）には「はだ薄　穂に出る秋の　萩の花　にほへる屋戸を」とあり、家持の註には「言ふこころは、この人、人となり花草花樹を好愛でて、多く寝院の庭に植う。故に花薫へる庭といへり」とある。長歌では「にほへる屋戸」と詠みながらも、註では「寝院の庭」に咲き乱れる種々の花、その風景を「花薫へる庭」と表記することから、「やど」と「には」の分類は混交している。しかし、この直後「朝庭に　出で立ちならし　夕庭に　踏み平げず」とあるように、「やど」の中のある一点を詳しく述べた場所が「には」であると推察できる。

同じ家持の歌の「わが園の李の花か庭に降るはだれのいまだ残りたるかも」（四一四〇）を見ると、「その」と「には」は区別されている。この例でも「には」は「その」の中にある平坦な一画を意味し、『倭名類聚抄』[6]の「屋前也」と合致している。Ｉで既述したように、馬子を「島大臣」と称した逸話でもまた、池を掘った場所は「には」であり、その空間全体を「しま」と捉えていた。つまり、私たちが今日、庭と認知している空間は上代では「やど」「その」「しま」「には」などと区別されていたことになる。

家持の私的な歌日記と称される巻十七から巻二十の四巻には庭に関わる歌が多い。この家持の歌を中心に『万葉集』の庭園風景をもう少し鮮明にしていきたい。『万葉集』において「やど」は一一九例存在する（重出除く）。「やど」は『万葉集』に特異な語であり、『古事記』や『風土記』には用例がなく、『日本書紀』には「時に、霖ふる。素戔嗚尊、青草を結束ねて笠蓑として、宿を衆神に乞ふ」（『日本書紀』①八七頁）とあるものの、これは「やど」ではなく「やどり」である可能性が高いといわれている。[7] 一言に「やど」といっても表記や意味がさまざまあり、「婦負の野の薄押し靡べ降る雪に宿借る今日し悲しく思ほゆ」（四〇一六）、「荊波の里に宿借り春雨に隠り障むと妹に告げつや」（四一三八）など、一時泊まる所、旅宿を意味するもの。「ひさかたの雨は降りしく思ふ子が宿に今夜は明して行かむ」（一〇四〇）、「わがためと織女のその屋戸に織る白栲は織りてけむかも」（二〇二七）など、住処、家屋を意味するもの。「暮さらば屋戸開け設けてわれ待たむ夢に相見に来むとふ人を」（七四四）、「人の見て言咎めせぬ夢にわれ今夜至らむ屋戸閉すなゆめ」（二九一二）など、家の戸口を意味するもの。そして、「山吹を屋戸に植ゑては見るごとに思ひは止まず恋こそ益れ」（四一八六）、「朝霧のたなびく田居に鳴く雁を留み得むかもわが屋戸の萩」（四二二四）などの前栽を植えた邸の庭先を意味するものの四つに大別することが出来る。

表記別の内訳は「屋戸」五十四例、「屋前」三十五例、「屋外」四例、「夜度」十四例、「屋度」四例、「耶登」一例、「室戸」二例、「夜抒」四例、「屋抒」一例となる。[8] 巻十七から巻二十の「やど」の用例数をみると、巻十七が四例、巻十八が二例、巻十九が十一例、巻二十が七例となる。また、巻八と巻十にそれぞれ二十八例ずつあり、「やど」は後期万葉歌の中で多く見出されるという特徴がある。[9] 次の引用は用例数の多い巻八の「やど」の歌である。

・去年の春い掘じて植ゑしわが屋外の若樹の梅は花咲きにけり　（一四二三）

・わが屋外に蒔きし瞿麦いつしかも花に咲きなむ比へつつ見む　（一四四八）

・屋戸 にある桜の花は今もかも松風疾み地に散るらむ　（一四五八）

・世間も常にしあらねば 屋戸 にある桜の花の散れる頃かも　（一四五九）

・恋しけば形見にせむと わが屋戸 に植ゑし藤波いま咲きにけり　（一四七一）

・わが屋前 の花橘の何時しかも珠に貫くべくその実なりなむ　（一四七八）

・わが屋戸 に月おし照れり霍公鳥心あらば今夜来鳴き響もせ　（一四八〇）

・わが屋戸[10]前 の花橘に霍公鳥今こそ鳴かめ友に逢へる時　（一四八一）

・わが背子が 屋戸 の橘花をよみ鳴く霍公鳥見にそわが来し　（一四八三）

・わが屋前 の花橘を霍公鳥来鳴かず地に散らしてむとか　（一四八六）

・わが屋前 の花橘は散り過ぎて珠に貫くべく実になりにけり　（一四八九）

・わが屋前 の花橘を霍公鳥来鳴き動めて本に散らしつ　（一四九三）

・わが屋前 の瞿麦の花盛りなり手折りて一目見せむ児もがも　（一四九六）

・いかといかと　ある　わが屋前 に　百枝さし　生ふる橘　玉に貫く　五月を近み　あえぬがに　花咲きにけり
朝に日に　出で見るごとに　息の緒に　わが思ふ妹に　真澄鏡　清き月夜に　ただ一目　見するまでには　散り
こすな　ゆめといひつつ　ここだくも　わが守るものを　慨きや　醜霍公鳥　暁の　うら悲しきに　追へど追へ
ど　なほし来鳴きて　徒らに　地に散らせば　術を無み　攀ぢて手折りつ　見ませ吾妹子　（一五〇七）

・十五夜降ち清き月夜に吾妹子に見せむと思ひし 屋前 の橘　（一五〇八）

・秋萩は咲くべくあるらし わが屋戸 の浅茅が花の散りぬる見れば　（一五一四）

・わが屋戸の一群萩を思ふ児に見せずほとほと散らしつるかも　（一五六五）
・わが屋戸の草花が上の白露を消たずて玉に貫くものにもが　（一五七二）
・秋の雨に濡れつつをれば賤しけど吾妹が屋戸し思ほゆるかも　（一五七三）
・君待つとわが恋ひをればわが屋戸の簾動かし秋の風吹く　（一六〇六）
・朝ごとにわが見る屋戸の瞿麦が花にも君はありこせぬかも　（一六一六）
・わが屋戸の萩花咲けり見に来ませ今二日だみあらば散りなむ　（一六二一）
・わが屋戸の秋の萩咲く夕影に今も見てしか妹が光儀を　（一六二二）
・わが屋戸に黄変つ鶏冠木見るごとに妹を懸けつつ恋ひぬ日は無し　（一六二三）
・わが屋前の時じき藤のめづらしく今も見てしか妹が咲容を　（一六二七）
・わが屋前の萩の下葉は秋風もいまだ吹かねばかくそ黄変てる　（一六二八）
・わが屋前の冬木の上に降る雪を梅の花かとうち見つるかも　（一六四五）
・今日降りし雪に競ひてわが屋前の冬木の梅は花咲きにけり　（一六四九）

こうして見ると多くの歌で「わがやど」と詠まれていることに気付く。後期万葉には自邸の庭に植えられた景物を鑑賞する歌が頻出し、まさに「屋戸の文学」[11]が形成されているのである。[12]一一九首の「やど」の詠歌のうち七十首が「わが」と結びつくことから、「わがやど」は類型的な表現であると考えられる。[13]先学の論では「やど」は歌語的表現であり、天平期を中心に用いられた語であると指摘されている。[14]なかでも家持の詠歌が十八首ととりわけ多いが、他にも家持への贈歌や家持邸での宴歌で詠まれており、「やど」は家持と強いつながりを認める表現であると考えられる。

巻五、天平二年正月の「梅花の歌三十二首并せて序」には「宜しく園の梅を賦して聊かに短詠を成すべし」とあり、三十二首のうち七首が「その（園・苑）」を、三首が「やど（耶登・夜度）」を詠む。梅は奈良以前に渡来した外来の植物であり、「異国趣味と知的ディレッタンティズムにあふれた新風の題材であった」という。[15] 集中「その」と梅を詠む組み合わせは多く、「梅の花咲き散る園にわれ行かむ君が使を片待ちがてり」（一九〇〇）、「誰が園の梅の花そもひさかたの清き月夜に幾許散り来る」（二三二五）、「誰が園の梅にかありけむ幾許も咲きてあるかも見が欲しまでに」（二三二七）、「御苑生の百木の梅の散る花の天に飛びあがり雪と降りけむ」（三九〇六）など十四首が認められ、このうち「梅花の歌」の和歌が半数近くを占める。『万葉集』には梅の歌は一一九首あるが、いずれも白梅と考えられており、梅花を雪に見立てる漢詩の影響を強く受けている。

天平勝宝三年（七五一）に成立した『懐風藻』と同時期の歌を集めた『万葉集』は、語彙や修辞などの面で交流していたといわれる。[16]

葛野王「五言。春日翫鶯梅。一首。」
聊乗休假景。入苑望靑陽。素梅開素靨。嬌鶯弄嬌聲。
對此開懷抱。優足暢愁情。不知老將至。但事酌春觴。

紀朝臣麻呂「五言。春日。應詔。一首。」
惠氣四望浮。重光一園春。式宴依仁智。優遊催詩人。

崑山珠玉盛。瑤水花藻陳。階梅闘素蝶。塘柳掃芳塵。
天徳十堯舜。皇恩霑萬民。

『懐風藻』[17]における梅もまた『万葉集』と同じく用例全てが白梅である。葛野王の詩では「その」の叙景として、梅の白さと鶯の可憐さが強調され、紀朝臣麻呂の詩では階の白い梅が白い蝶とその白さを競っていると詠まれている。『懐風藻』では「その」に関わる詩が多数あり、「松風韻添詠。梅花薫帯身。」（田邉史百枝「五言。春苑。応詔。一首。」）など、「その」と白梅が結び合う。『万葉集』には「やど」の梅を詠む歌もあり、「やど」と「その」の風景は酷似していることから、明確な区別をつけることは困難である。しかし、『懐風藻』の例から「その」は漢詩的意味合いが濃い表現であると認められ、『万葉集』の「梅花の歌」もこのような漢詩の影響を受けていると考えられる。

私的空間を示す類似表現として、「はしきやし吾家の毛桃本しげみ花のみ咲きてならざらめやも」（一三五八）、「風交り雪は降るとも実にならぬ吾家の梅を花に散らすな」（一四四五）など「わぎへ」が十五例、「わが園に梅の花散るひさかたの天より雪の流れ来るかも」（八二二）、「袖垂れていざわが苑に鶯の木伝ひ散らす梅の花見に」（四二七七）などの「わがその」が四例ある。「わがやど」の用例の多さと合わせ、私的空間の景物を詠歌の対象にしていたことがうかがえる。

『古今集』にも「わがやど」の表現は継承され、[18]「わが屋戸の池の藤波咲きにけり山郭公いつか来鳴かむ」（一三五・読人しらず）など十五首の用例が確認できる。この歌の左注には「この歌、ある人のいはく、柿本人麿がなり」とある。左注のいうように人麿の歌かどうかは定かではないが、賀茂真淵は「歌のすがた高く心も廣きなり」[19]と評している。『万葉集』では池水形式庭園を「しま」と称しているが、この和歌では「やど」を「しま」と同質のものとして捉えられている。「その」は「わが園の梅のほつえに鶯の音に鳴きぬべき恋もするかな」(四九八)の一首のみで、元永本では「わがやど」とある。さらに『古今集』では題詞で「いへ」を、歌では「やど」を詠む傾向があり[20]、区別されていた庭園用語が和歌においては「やど」という表現に集約されていくのである[21]。

二　「しま」の風景

古代、池は灌漑用水地としての側面を持っていた[22]。仁徳紀の治水工事の条に「冬十月に、和珥池を造る」(『日本書紀』②四一頁)とあり、『万葉集』にも「小山田の池の堤に刺す楊成りも成らずも汝と二人はも」(三四九二)などと見えている。こうした一方で、池のある風景を楽しむ庭も造られるようになった。Ⅰで述べたように馬子邸の庭には「小池」があった。大和盆地は地下に豊富な水を抱える京都盆地に比べると、湿潤に乏しいともいわれ、馬子が私邸に取水して池を築くことで圧倒的な権力を誇示していたことは容易に想像される。この馬子邸は大化改新後、官没されて、七世紀後半に皇太子・草壁皇子の邸、嶋宮として整備されたといわれている。『日本書紀』に嶋宮の名が初出するのは、大海人皇子が出家して吉野宮に向かう途中であり、「是の夕に、島宮に御します」(『日本書紀』③三〇三頁)と一行が嶋宮に一泊した。天武紀十年(六八一)九月には「辛丑に、周防国、赤亀を貢る。乃ち島宮の池に放つ」(『日本書紀』③四一一頁)という記述もあることから、嶋宮は離宮として使用されていたことが認められる[23]。日並皇子殯宮挽歌にはこの嶋宮にまつわる歌群がある[24]。

・島の宮勾の池の放ち鳥人目に恋ひて池に潜かず（一七〇）
・島の宮上の池なる放ち鳥荒びな行きそ君いまさずとも（一七二）
・み立たしし島を見る時にはたづみ流るる涙止めそかねつる（一七八）
・み立たしし島をも家と住む鳥も荒びな行きそ年かはるまで（一八〇）
・み立たしし島の荒磯を今見れば生ひざりし草生ひにけるかも（一八一）
・東の滝の御門に伺侍へど昨日も今日も召すことも無し（一八四）
・水伝ふ磯の浦廻の石上つつじ茂く開く道をまた見なむかも（一八五）
・つれも無き佐太の岡辺にかへり居ば島の御階に誰か住まはむ（一八七）

嶋宮には「勾の池」と「上の池」があったことが認められ、池には島があり、鳥が放たれ、躑躅が咲き乱れていた。また「東の滝の御門」「水伝ふ磯の浦廻」などの表現から、急傾斜で流れる滝や石を並べた磯もあったようである。特に「荒磯」「浦廻」という表現からは、池を海に重ね合わせて海洋風景を邸内に再現していたらしいことが見受けられる。有力者たちに支配された嶋宮は様々な水景に演出された空間であったといえる。

このように人々の関心を集めた池水形式庭園である「しま」は次第に他の貴族の邸にも築かれるようになる。

山斎を属目して作れる歌三首

鴛鴦の住む君がこの山斎今日見れば馬酔木の花も咲きにけるかも（四五一一）
池水に影さへ見えて咲きにほふ馬酔木の花を袖に扱入れな（四五一二）

磯影の見ゆる池水照るまでに咲ける馬酔木の散らまく惜しも　（四五一三）

この三首は「二月に、式部大輔中臣清麿朝臣の宅にして宴せる歌十五首」と同時に中臣清麿邸で作られたものとされ、馬酔木や梅など種種の花々が咲き乱れ、松が植えられ、鴛鴦が遊び、白波が寄せる池や岩を置いて磯を表わしていたことが歌群から知られる。

『懐風藻』には「山斎」を詩題とする三篇の詩が見え、『万葉集』にある「山斎」という表記が漢詩的表現であることを垣間見せる。河島皇子の「五言。山斎。一絶。」の「塵外年光満。林間物候明。風月澄遊席。松桂期交情」では池はなく、「山斎」は浮世から離れた山中の居室、書斎といった意に近いだろう。(25)また、大納言直大二中臣朝臣大島「五言。山斎。一首。」の「宴飲遊山斎。遨遊臨野池。雲岸寒猨嘯。霧浦梅聲悲。葉落山逾静。風涼琴益微。各得朝野趣。莫論攀桂期」では逆に池の描写があり、林泉のある山荘の趣が詠まれている。従四位下兵部卿大神朝臣安麻呂「五言。山斎言志。一首。」の「欲知閒居趣。來尋山水幽。浮沈烟雲外。攀翫野花秋。稲葉負霜落。蟬聲逐吹流。祇爲仁智賞。何論朝市遊」では静かな住まいの趣を知ろうと山水の幽静を求める。『懐風藻』における「山斎」は池の有無にかかわらず静かな山荘、山中の居室の意が強く機能している。

しかし『万葉集』の「山斎」は山中の居室という風景に必ずしも限定されない。清麿邸は前栽が咲き乱れる池水形式庭園であったが、一方で「妹として二人作りしわが山斎は木高く繁くなりにけるかも」（四五二）では「山斎」の木立に言及し亡き妻を偲ぶ。「斎」とは「燕居之室」を意味する語であり、安らかにくつろぐ場所、つまり池や島のある穏やかな自邸へと解釈を拡大したのではないだろうか。漢籍に造詣の深い旅人は別の歌でも「山斎の木立」（八六七）を詠み込むことから、「しま」を「山斎」と表記するのは漢詩文からの影響と考えられる。(26)「山部宿禰赤人の故太政大臣藤原家の山池を詠める歌一首」では「しま」を「山池」と表記する。「山池」は六朝から盛唐にかけての詩題に多く見られ、『懐風藻』にも用例がある。[27] 赤人の和歌「古のふるき堤は年深み池のなぎさに水草生ひにけり」(三七八)の「年深み」が漢語「年深」の翻訳であることをも合せ見れば、題詞の「山池」も漢詩文からの転用と認められる。

このように上代では池水形式庭園を「しま」と呼んでいるが、[28] 正史では宮廷施設に限って「苑」と呼ぶという指摘があり、[29] 早くは顕宗紀二年(四八六)に「二年の春三月の上巳に、後苑に幸して、曲水宴きこしめす」(『日本書紀』②二四七頁)という記載がある。こうした一方で『懐風藻』の藤原朝臣宇合の「五言。暮春曲宴南池。一首。」によると、宇合邸には鏡を沈めたように澄みきった小池があり、池のほとりに桃や柳が植えられ、「林亭問我之客。去來花邊。池臺慰我之賓。」と林亭と池臺があって、池のある庭園風景を楽しむことができた。藤原朝臣萬里「五言。暮春於弟園池置酒。一首。」は宇合邸での宴を詠んだとみられているが、[30]「園池照灼。桃李笑而成蹊。」と表現されるそれは「しま」に通じる風景である。

『万葉集』に収載される家持の歌にも「その」を詠む一群がある。

天平勝宝二年三月一日の暮に、春の苑の桃李の花を眺矚めて作れる二首

春の苑紅にほふ桃の花下照る道に出で立つ少女　(四一三九)

わが園の李の花か庭に降るはだれのいまだ残りたるかも　(四一四〇)

題詞で「苑」を歌では「苑」と「園」を併用しているため、言語表記にどの程度厳密であったのかは疑問が残る。[31]

しかし題詞にある「春の苑」とは漢語「春苑」「春園」に通じる表現と考えられ、これらの和歌も「その」の梅を詠んだ「梅花の歌」の言語表現に准じたものである。「その」と共に詠まれる景物は梅以外では桃、李、橘、韓藍、竹などあるが、家持の歌で「春の苑の桃李の花」を詠むその風景は宇合邸の「桃李笑而成蹊」と重なり合う。『万葉集』中の「桃」は漢籍からの発想をまねて譬喩として用いられる例がほとんどであることから、[32]この歌もまた漢籍からの影響が強く認められよう。邸の前の庭先を意味する「やど」「しま」「その」の風景はなだらかに融合されているのである。

三　「には」から見えてくるもの

四一四〇番の家持の歌では「その」と「には」は区別され、李の花が「には」に散っていたが、「沫雪の庭に降りしき」(一六六三)、「白雪庭に降り重りつつ」(一八三四)、「橘の花散る庭」(一九六八)、「沫雪降れり庭もほどろに」(二三二三)、「庭に降る雪」(三九六〇)、「秋風の吹き扱き敷ける花の庭」(四四五三)など、『万葉集』では雪や花が「には」に降り積もる情景が多く詠み込まれている。[33]雪や花が地面を覆う、その幻想的な一コマが映像のように捉えられているのである。一方で整備されない「には」は「思ふ人来むと知りせば八重葎おほへる庭に珠敷かましを」(二八二四)と葎に覆われてしまう。「庭草に村雨ふりて蟋蟀の鳴く声聞けば秋づきにけり」(二一六〇)の詠歌とともに、花や雪が「には」に舞い散る情景は「には」が四季の変化を感じる場であったことを露わにする。

花々に溢れる「には」では農作物が作られ、「庭に立つ麻手刈り干し布さらす東女を忘れたまふな」(五二一)からは、麻を栽培していたことをうかがわせる。「庭に立つ」は麻にかかる枕詞ではあるが、「あしひきの　この片山

おし照るや　難波の小江に　廬作り　隠りて居る　葦蟹を　大君召すと　何せむに　吾を召すらめや　明けく　我が知ることを　歌人と　我を召すらめや　笛吹きと　我を召すらめや　琴弾きと　我を召すらめや　かもかくも　命受けむと　今日今日と　飛鳥に到り　立てれども　置勿に到り　つかねども　都久怒に到り　東の　中の御門ゆ　参入り来て　命受くれば　馬にこそ　ふもだしかくもの　牛にこそ　鼻縄はくれ　あしひきの　この片山の　もむ楡を　五百枝剥ぎ垂れ　天光るや　日の異に干し　囀るや　唐臼に舂き　庭に立つ　手臼に舂き　おし照るや」（三八八六）を見ると、楡の皮を天日で干して、「には」で臼を舂く作業が行われていたらしい。邸の平坦な場所で農作業する「場」もまた「には」なのである。

古来、「には」は祭祀儀礼の場でもあった。『日本書紀』には「乃ち霊畤を鳥見山の中に立て、其の地を号けて、上小野の榛原・下小野の榛原と曰ひ、用ちて皇祖の天神を祭りたまふ」（『日本書紀』①二三五頁）とあり、斎場に天神を祭ったという記述がある。記紀には「斎庭」「沙庭」という言葉もあり、ともに神を祭るために斎み清めた場所を意味する。

かれ、天皇筑紫の訶志比の宮に坐して、熊曾の国を撃たむとしたまひし時に、天皇御琴を控かして、建内の宿禰の大臣さ庭に居て、神の命を請ひき。ここに、大后、神帰りたまひて、言教へ覚して詔らししく、「西の方に国あり。金・銀を本として、目の炎耀やく、種々の珍の宝、多にその国にあり。われ今その国を帰せ賜はむ」。しかして、天皇の答へ白したまひしく、「高き地に登りて、西の方を見れば、国土は見えず、ただ大き海のみあり」。詐をなす神とおもほして、御琴を押し退けて控きたまはず、黙坐しき。しかして、その神、いたく忿りて詔らししく、「すべて、この天の下は、いましの知らすべき国にあらず。いましは一道に向ひませ」。ここに建内の宿禰の大臣が白ししく、「恐し。わが天皇。なほその大御琴をあそばせ」。しかして、やくやくその御琴を取り依せて、なまなまに控き坐しき。かれ、いまだいくだもあらずて、御琴の音聞こえざりき。すなはち火を挙げて見れば、すでに崩りましぬ。

（『古事記』[34]一七四〜一七五頁）

仲哀天皇が筑紫にあって熊曾を討とうとしたとき、神託を求める神事が「さ庭」で行われた。まさに「沙庭」とは神降しの場であった。「沙庭」の「沙」は水田の意を持ち、「さ」は「早苗」などと同様に神に捧げる稲をさす。(35)ここから「には」はもともと農祭に関わる場であったのではないのかと考えられる。農事のための場は、その意味で神に関わる神聖な場でもある。しかし平安期になると神の概念が後退化していったことや、「には」が四季の変化を感じる場となっていたことなどから、次第に自然を鑑賞する場となり「には」の用途が拡大する。「ほどなき庭に、されたる呉竹、前栽の露はなほかかる所も同じごときらめきたり」(夕顔①一五七頁)、「東の対に渡りたまへるに、たち出でて、庭の木立、池の方などのぞきたまへれば、霜枯れの前栽絵にかけるやうにおもしろくて」(若紫①二五八頁)、「ゆゑある庭の木立のいたく霞みこめたるに、色々紐ときわたる花の木ども、わづかなる萌木の蔭に」(若菜上④一三八頁)などのように、「には」に「やど」「しま」「その」の風景がゆるやかに包含されて、「には」は前栽や池、遣水などがある空間、いわゆる今日の庭園を意味するようになる。

さて、『万葉集』にはもう一つ別の「には」の顔がある。

飼飯の海の庭好くあらし刈薦の乱れ出づ見ゆ海人の釣船　(二五六)

この柿本人麻呂の和歌では、「には」は海上、漁場としての海面を意味する。この様な例は「庭清み沖へ漕ぎ出る海人舟の楫取る間無き恋もするかも」(二七四六)、「武庫の海の庭よくあらし漁する海人の釣船波の上ゆ見ゆ」(三六〇九)にもあり、「には」は漁をする「場」であった。「場」という意味を持つ「には」を海上にも同意に扱うのは『万葉集』に固有の方法であり、私見では二十一代集にも用例は確認できない。

生業を営む場という点から、こうした用例は先述した農作業する場と同意であると考えられるが、[36]「いざ児等あへて漕ぎ出む　にはも静けし」（三八八）では波のない水面も「には」と表記されている。このような海面に関わる「には」こそが、「庭」のより本源的な用語例であるという指摘がある。[37]さらに「には」に「日和」の字を当てるのは二五六番歌の「庭好くあらし」などの解釈を誤解したことによって生じたともいわれる。[38]果たして「には」は陸と海のどちらを発祥とする言葉なのだろうか。

日並皇子殯宮挽歌に「荒磯」「浦廻」という表現があるように、万葉人は自らの私的空間に海の風景を重ねていた。『万葉集』には水辺の歌が多いことは既に指摘されているが、[39]なかでも広大な海は万葉人がはるか海の彼方に仙境があると信じていたほど神秘的なものであった。

　天皇の、香具山に登りて望国したまひし時の御製歌
大和には　群山あれど　とりよろふ　天の香具山　登り立ち　国見をすれば　国原は　煙立つ立つ　海原は　鷗立つ立つ　うまし国そ　蜻蛉島　大和の国は　（二）

舒明天皇の国見歌では眼下の国土も、見えぬはずの彼方の海までも天皇の支配が及んでいることを詠む。国土と海を一続きと見なし、海を治めていると詠むことで国土全域を統治していると強調するのである。一方で前述した仲哀天皇は神が示した国（新羅）を「国土は見えず、ただ大き海のみあり」と答え、神託を信じなかった。この結果、神罰を受けた仲哀天皇は崩御する。残された「建内の宿禰の大臣」は重ねて「さ庭」で神託を求め、「すべて、この国は、いまし命の御腹に坐す御子の、知らさむ国ぞ」（一七六頁）という託宣を受けた。仲哀天皇が「見えず」と

いった土地は、皇后の胎内にいる皇子が領有支配することを天照大御神の真意として告げられる。統治する国土を「見る」ことが天皇の権力を示す特権行為であり、国見とは天皇と神の間で結ばれる交渉であった。(40)

仲哀天皇は神が示した国が「見えず」、「ただ大き海のみ」が見えた。そもそも広大な海には海境（海堺・海坂）という海の境界をなす坂があったとされている。『古事記』には火遠理命が海中で契った海神の娘の豊玉毘売命が八尋わにの姿で出産していた姿を、禁を犯して覗いたために、豊玉毘売命が海境を塞いで海へ戻ったという話がある。『万葉集』巻九に見える「水江の浦島の子を詠める一首」にも「水江の　浦島の子が　堅魚釣り　鯛釣り矜り　七日まで　家にも来ずて　海界を　過ぎて漕ぎ行くに　海若の　神の女に　たまさかに　い漕ぎ向ひ」（一七四〇）とあり、浦島子は海境を越えたところで神の娘に偶然出会い、ともに常世に至った。海境を越えればそこは神の海であり、逆に海中にある海境までは海も現し国の領域とみていたことを物語っている。従って、国見歌で広大な海を陸上と一続きの領域と見なしていたことは、大和朝廷を中心に世界を捉えていたということであり、そこで用いられた「には」もまた陸上から海上に転用、波及したと考えるのが自然ではないかと思われるのである。

四　『万葉集』の庭――海の面影――

「しま」と称された池水形式庭園では「荒磯」「浦廻」などと海洋風景が再現され、「には」の語は海上にも転用されている。遠く隔たっているはずの海と庭とのはるかなつながりがここに浮刻されている。(41)庭とは海洋風景を再現しながらも、その時代の観念や思想などを象る精神的世界を具現化したものでもある。このような庭に造られた池は発掘調査の成果から方形池と曲池の二系統に分けて考えられてきた。(42)仏教思想を投影する方形池の代表的な遺跡は島庄遺跡や石神遺跡である。一方で神仙思想の影響を受けているとみられる曲池の代表的遺跡は飛鳥京跡苑池遺構であり、その形状は平城京東院庭園に引き継がれていく[43]。

こうした曲池では曲水宴が行われ、王羲之の蘭亭で有名な「曲水の宴」は『続日本紀』や『懐風藻』にも例があり、その影響が見て取れる。先に万葉人が「わが」と括ったいう小さな私的空間にある景物を鑑賞することに傾倒していたことを述べたが、この前提には平城京の松林苑において「自然が囲い込まれ、曲水宴などの雅会がすでに文化的規範として定着していた」からであるという[44]。もともと松林苑などの苑池の源流は中国にある[45]。

秦の始皇帝によって開かれ、漢の武帝のときに拡大された大規模な皇家園林である上林苑は軍事の備えや狩猟地でありながら、一部に鑑賞を目的とした庭園機能を持つ。楊雄の「羽猟賦并序[46]」には「穿昆明池。象滇河。營建章鳳闕。神明馺娑。漸臺太液。象海水周流方丈瀛洲蓬萊。游観侈靡。窮妙極麗」とあり、上林苑にある昆明池と太液池の存在、太液池に建てられた方丈瀛洲蓬萊の三神山を模した漸台の様子が記されている[47]。こうした園林は貴族の私邸にも造られ私家園林が発達していった[48]。苑池という人工的景観の中に仙境を再現し、珍しい花木や珍獣を囲い込むことは、それが困難と思われることであるが故に、かえって王権を誇示する装置となっている。池を造った馬子邸もまたこれと同じ仕組みである。万葉人が「わが」と括った小さな私的空間を設け、そこに据えられた景物を愛でることは、王権のコスモロジーに来歴していたのである[49]。

巨大な苑池と池中に浮かぶ中島は大海に浮かぶ蓬萊山に見立てられ重視されていた[50]。新羅の雁鴨池には池中に三神山を象る三基の島があり、池辺には臨海殿が建てられ饗宴を催していたし[51]、百済の宮南池でも池に方丈仙山に模した島を築き、その池辺に望海楼を建てて宴遊に供していた。臨海殿、望海楼という名称から池を海と捉える観念が透かし見える[52]。私邸に造られた庭は、このような巨大な苑池の縮小版なのである。中臣清麿邸の宴席で家持は

「君が家の池の白波磯に寄せしばしば見とも飽かむ君かも」(四五〇三)と詠み、白波の寄せる海に池を仮託する。小さな私邸の池に少しの風で白波が立つなどあり得ないが、白波の立つ海洋風景を家持は邸の池に重ね見ていた。家持は「水辺の歌人」[53]と規定されるほど、水辺に関する和歌を多く詠んでいる。家持のこの水辺への興味は越中赴任が大きく影響しているという。[54]越中に赴く直前、「馬並めていざ打ち行かな渋谿の清き磯廻に寄する波見に」(三九五四)と、まだ見ぬ越中の海にのぞむ渋谿の海岸によせる波を詠んで以降、「越の海の荒磯の波」(三九五九)、「渋谿の崎の荒磯に寄する波」(三九八六)、「奈呉の海の沖つ白波」(三九八九)、「布勢の海の沖つ白波」(三九九二)、「英遠の浦に寄する白波」(四〇九三)など波や白波に関する歌を十数首詠んでおり、関心の高さをうかがわせる。もちろん、清麿邸での家持の和歌は越中の自然を詠んでいるわけではない。しかし、数多い家持の歌の中でも邸宅の池の白波に言及したものは、この一首のみである。越中だけではなく難波や住吉などにも赴いている家持にとって、荒磯風に仕立てた清麿邸の池は海洋風景とはるかに重なり合ったようにみえたのではないか。白波の立つ池は家持の心象風景であったのだろう。[55]万葉人は庭を自然のミニチュア的存在として捉え、そこに海の面影を見ていたのである。

盆地に位置する平城京からみれば、海はさまざまな自然の中でも特別な憧憬の対象であった。「天の海に雲の波立ち月の船星の林に漕ぎ隠る見ゆ」(一〇六八)と、天空の果てしなく広大で青い様子を海に譬え、頭上に広がる天空から遠い海への思いを募らせている。[56]舒明天皇の国見歌では香具山の山頂から海が見えないことが、賀茂真淵以来しばしば問題になっている。[57]大和国内から見ているのだから、海ではなく香具山西麓にあった埴安池とする見方が示されてきたが、近年ではこれを海と捉える説が有力である。[58]国見という統治儀礼歌であることを鑑みれば、広大で果てのない海までも支配していると詠むことで天皇の権威を誇示するのであろう。国土の隅々まで支配したいという願望を神の支配する海の神秘的な力、呪術的な力に働きかけ叶えようとする。そこには自然に対する畏敬の念が込められているのである。

註

(1) 上代の「庭」という語は本章で明らかにするように祭祀儀礼の場、もしくは地面それ自体をさすが、これは狭義の意の「庭（には）」である。
(2) 白川静『字統』（平凡社、一九八四年）、白川静『字訓』（平凡社、一九八七年）、白川静『字通』（平凡社、一九九六年）など参照。
(3) 長谷川正海『日本庭園の原像―古代宗教史考―』（白川書院、一九七八年）。
(4) 山田孝雄「日和考」（『国語学』一九四九年六月）参照。
(5) 本文は中西進『万葉集』㈠〜㈣（講談社文庫、一九七八年）に拠るが、表記については一部私に改めた箇所がある。
(6) 元和古活字那波道圓本。諸本集成『倭名類聚抄』（臨川書店、一九六八年）。
(7) 木村徳国「わがヤド」―花鳥風月的住宅観の成立―」（『上代語にもとづく日本建築史の研究』中央公論美術出版、一九八八年）参照。「宿」には動詞的用例があるため、本章では用例数に入れていないが、「やどり」は二十例、「やどる」は七例ある。
(8) 表記の内訳は原文による。
(9) 「やど」に関する先行研究は多く、後藤和彦「「いへ」と「やど」―万葉を中心に―」（『薩摩路』一九六七年一月）、森淳司「万葉の「やど」」（『万葉とその風土』桜楓社、一九七五年）、吉井巌「いへ・やど・やね」（『万葉』一九八〇年七月）など参照。近年では戸谷高明「万葉歌小考―庭園をめぐって―」（『国語と国文学』一九六九年十月。後に『万葉景物論』（新典社、二〇〇〇年）所収）、時田麻子「歌語としての「やど」における空間把握とその変遷―万葉集と古今集―」（『瞿麦』二〇〇六年一月）が詳しい。
(10) 西本願寺本には「戸」がない。本章では「屋前」の用例として扱う。
(11) 中西進「屋戸の花」（『論集上代文学三』笠間書院、一九七二年。後に『谷蟆考　古代人と自然』（小沢書店、一九八二年）所収）、高野正美「万葉集作者未詳歌の成立」（『日本文学』一九八〇年五月、後に『万葉集作者未詳歌の研究』（笠間書院、一九八二年）所収）。
(12) 戸谷高明前掲論文では、「屋戸」が既に赤人の歌にも見られることから、「屋外・屋前」とは別に「屋戸」の系統があったが、意味を明確にするために「屋外・屋前」の表意文字が使用された時期があったと見ている。
(13) 「わがやど」に関しては田中大士「我がやどの鶯―家持の空間構成―」（桑原博史編『日本古典文学の諸相』勉誠社、一九九七年）、半沢幹一「私物化された自然空間―古代和歌における「わがやど」―」（『表現研究』一九九七年十月）などの論がある。森淳司前掲論文は「わがやど」は「やど」とほとんど同義に用いられていたのではないかと指摘する。
(14) 註（9）、註（13）の各前掲論文参照。
(15) 渡辺秀夫『詩歌の森―日本語のイメージ―』（大修館書店、一九九五年）「梅」一〇七項。
(16) 太田善之「懐風藻と万葉集との交流」（辰巳正明編『懐風藻　漢字文化圏の中の日本古代漢詩』笠間書院、二〇〇〇年）参照。
(17) 『懐風藻』の引用は大系『懐風藻　文華秀麗集　本朝文粋』による。
(18) 『古今集』に採録された「やど」の詠歌は三十六首あり、他に「やどり」は九首、「やどる」は二首ある。
(19) 『賀茂真淵全集』第九巻（続群書類従完成会、一九七八年）。
(20) 「いへ」は『万葉集』の歌に多く用いられ、『古今集』以降は少なくなる。
(21) 時田麻子「なぜ「いへ」は和歌から失われたのか」（『瞿麦』二〇〇六年十二月）によると『万葉集』以降、「やど」は建物や庭を含む空間であることが強く意識され、「いへ」は「いへ」の所有や所属を明らかに含む形となるように、使い分けが明確になるという。久保田淳・馬場あき子編『歌ことば歌枕大辞典』（角川書店、一九九九年）は「やど」や「わがやど」には自然の美しさを共に愛でようと、来訪を待つものの、ただ自然だけが訪れる寂しさを歌ったものが目立つと指摘する。

(22)　末永雅雄『池の文化』（学生社、一九七二年）参照。

(23)　奈良県高市郡明日香村島庄を中心に七世紀前半の大型の建物跡や方形池遺構が広がる。I「1　庭の発生」参照。

(24)　一七〇番から一九三番までが嶋宮にまつわる歌群である。今井優「巻十の読解」（『萬葉集作者未詳歌巻の読解―歌とその神話・祭祀・法制・政治など―』和泉書院、二〇〇五年）では、「嶋」は死霊の籠った場所で、亡き屋敷の住人を偲ぶ、よすがとなった場所と考えている。

(25)　註（17）『懐風藻』の頭注、七三頁。

(26)　戸谷高明前掲論文は表音文字の「志満」「之麻」も表意文字であれば「山斎」と表記されただろうと指摘する。金子裕之「宮廷と苑池」（金子裕之編『古代庭園の思想―神仙世界への憧憬―』角川書店、二〇〇二年）は「嶋」は園池の中の中嶋、「山斎」は園内の書見用の亭のことであり、そこから転じて園池全体を指すようになったと説く。

(27)　註（17）『懐風藻』の頭注、一一六頁。

(28)　古代の「しま」については岸俊男「「嶋」雑考」（『日本古代文物の研究』塙書房、一九八八年）が詳しい。

(29)　金子裕之前掲論文によると、正史が「苑」を用いるのは「苑」が宮廷施設とする建前からであるという。

(30)　藤原万里（麻呂）には弟はなく宇合は兄にあたるため詩題の「弟」は不審であるが、本章では註（17）『懐風藻』の頭注、一五六頁に従い「弟」を「兄弟」の意ととる。

(31)　金子裕之前掲論文では家持が越中国に赴いていた際、そこに国府付属の施設があって、それを「苑」と呼んだとすれば、苑内には実際に桃園や李園があり、その実景を詠んだ可能性もあると説く。

(32) 南波浩『紫式部集全評釈』(笠間書院、一九八三年)では『懐風藻』の「桃」の例も中国の詩風をまねた詩人たちの漢詩の素養にもとづく観念的、抽象的な作が多いと指摘する。

(33) 田中大士「散り敷く景の表現と「庭」」(『講座平安文学論究』第十七輯、風間書房、二〇〇三年)にも同様の指摘があるが、「には」に散り敷く花や紅葉は美しいものとして認識していなかったため、『万葉集』ではほとんど歌に詠まれていないという見解にはやや疑問を感じる。

(34) 『古事記』の引用は新潮集成による。

(35) 新編全集『日本書紀』①四一七頁の頭注では「沙庭」を「神稲を置く庭」、神の降臨する所ゆえ、神託を聞く場所になったものかと解す。

(36) 窪田空穂『萬葉集評釋』(東京堂出版、一九八四年)。

(37) 高崎正秀「「庭」其他—神座の研究」(高崎正秀著作集第三巻『萬葉集叢攷』桜楓社、一九七一年)。

(38) 『日本国語大辞典』(小学館、一九七二年)参照。山田孝雄前掲論文では「日和」という字面は仙覚が「にはよくあらし」の解釈に「日のやはらぎたるをにはと云なるべし」と説いたところから源を発しているという。

(39) 高岡市万葉歴史館編『水辺の万葉集』(笠間書院、一九九八年)は、海浜、川岸、池などの「水辺」をテーマに掲げている。

(40) 古舘綾子「「見れど飽かぬ」と詠む主体—宮廷歌人と自然詠」(『大伴家持自然詠の生成』笠間書院、二〇〇七年)では天皇の「見る力」について言及する。

(41) 武田比呂男「古代における庭園—その機能と表現をめぐって—」(『日本文学』二〇〇三年五月)にも同様の指摘がある。

(42) 相原嘉之「飛鳥の古代庭園—苑池空間の構造と性格」(金子裕之編『古代庭園の思想—神仙世界への憧憬—』角川書店、二〇〇二年)は発掘された遺構によって、苑池を単純にこの二系統に分類することに疑問を投げ掛ける。

(43) 平城京東院庭園の池は前期と後期に分けられ、前期は逆L字形の池、後期は前期の池を基にしながらも、出島を造るなど汀線を複雑にした池が造られた。
(44) 呉哲男「都市と庭園―家持の花鳥歌を中心に―」(『日本文学』一九八七年五月)一五頁。
(45) 平成二十四年(二〇一二)には松林苑の東を区切る築地跡が見つかり、当初の想定より一・五倍の規模であることが明らかになった。
(46) 楊雄「羽猟賦并序」(「校猟賦」)
(47) 上林苑では桃や梨などの果樹、薬草や蔬菜類なども栽培されていた。
(48) 園林については、大室幹雄『園林都市―中世中国の世界像』(三省堂、一九八五年)が詳しい。河原武敏「海を渡った園林―囿・苑・園から日本の庭園へ―」(『月刊しにか』大修館書店、一九九四年二月)によれば、隋唐の時代に園林が発達すると同時に別業(別荘)園林が盛んになり、風景の趣を「景区」にわけ、借景・対景やそれらを鑑賞するための亭、閣が設けられるようになったという。
(49) 呉哲男「都市空間と天皇―「風景」としての天皇制」(現代のエスプリ別冊『天皇制の原像』至文堂、一九八六年十一月)。
(50) 『三国史記』百済本紀第五、武王三十五年(六三四)三月の条、同三十七年(六三六)八月の条、同三十九年(六三八)三月の条。
(51) 『三国史記』新羅本紀第七、文武王十四年(六七四)二月の条。
(52) 岸俊男前掲論文でも臨海殿、望海楼という名称は池中の嶋が海中の嶋を模したものであることを明示していると指摘する。
(53) 清原和義『万葉集の風土的研究』(塙書房、一九九六年)。
(54) 小野寛「越中水辺の歌人家持」(高岡市万葉歴史館編『水辺の万葉集』笠間書院、一九九八年)。
(55) 小谷博泰「万葉集と庭園―イメージモデルとしての古代苑池―」(『日本文学』二〇〇三年五月)は「苑池の景色は海洋の風景なのであり、岸辺にありありと白波が寄せているのが見えたのである。そう見なしたのではなく、それが見えたのだ」（三頁）と述べる。

(56) 契沖も『万葉代匠記』（『契沖全集』第一巻（岩波書店、一九七三年）所収）の中で「和州ニハ海ナキヲ、カクヨマセ給フハ、彼山ヨリ難波ノ方ナトノ見ユルニヤ」と不審を抱く。

(57) 山田孝雄『萬葉集講義』巻一（宝文館、一九二八年）、窪田空穂『萬葉集評釋』巻一（東京堂、一九四七年）参照。新編全集『日本書紀』①では埴安池の他に耳成池、磐余池の名もあげている。伊藤博『萬葉集釋注』一（集英社、一九九五年）も同様の見解を提示し、奈良盆地の小風景に日本全体を幻視していると捉えている。一方、多田一臣訳注『万葉集全解』一（筑摩書房、二〇〇九年）では、神の眼差しの中に捉えられた水陸の理想の景がうたわれていると説く。

(58) 山路平四郎「国見の歌二つ」（『国文学研究』一九六四年三月）をはじめ、神野富一「舒明天皇国見歌攷」（『甲南国文』一九八二年三月）、近年では大久間喜一郎「明日香川によせる哀歓―「水辺の万葉集」序論―」（高岡市万葉歴史館編『水辺の万葉集』笠間書院、一九九八年）、鉄野昌弘「舒明天皇の望国歌」（『万葉の歌人と作品』一、和泉書院、一九九九年）など参照。

2 「州浜」考——庭園文化の影響——

「州浜」とはもともと白砂の広く続く海岸をさす。州浜は庭園意匠の一つであるが、近年、世界遺産に認定され、平安末期の意匠を残す毛越寺庭園にある池は大きく湾曲した州浜によって、引き潮のときに湾に現れる干潟を表している。古代庭園は大陸からの影響を大きく受けていると考えられているが、この州浜は大陸にはほとんど見られない日本独特の意匠であるといわれている(1)。

一方、文学において「州浜」とは平安時代に歌合や物合などで用いられた飾り物を置く台を示す言葉として広く認知されている。しかし、歌合の記録や物語などの資料に登場する州浜台は、その存在自体は認識されているが名称、発生など実体は明瞭ではなく、州浜台それ自体に目が向けられることはこれまでほとんど無かった。この独特な州浜の形が州浜台という造物と庭園の両方に見られることから、そこに両者の連関性が見通される。海洋風景への憧憬が造園と造物にどのように投影されているのか。本章では庭園文化の波及の一つとして州浜史を概観することで庭園文化の影響の大きさを、これまでとは違う角度から考えてみたい。

一　庭園と州浜、造物の州浜

州浜台に関する先行研究を概観すると、稲城信子「造物の系譜―洲浜・山形・標山など―」は蓬萊山に対する信仰、庭園との関係、民俗信仰を中心に文化史的側面から造物全般について考察する。[2] さらに平川治子「平安朝文学における自然観―「洲浜」について―」も州浜と庭園の関係に触れ、自然を模倣した庭園を室内に移し「より自然を誇張したもの」が歌合の州浜であったとする。[3] また錦仁「和歌における洲浜と庭園」では和歌を詠むための装置として、州浜と庭園は相似形、同心円の関係にあり、本質的に同一のものであると述べている。[4] 一方で小泉賢子「洲浜について」は美術史的見地から、州浜には造物としての州浜と、庭園の池や島、紋章などの意匠としての州浜という二つの流れがあると説く。[5]

州浜台は現存最古の歌合である民部卿家歌合に既にみられ、「左には山のかたを洲浜につくり、右にはあれたるやどのかたをすはまにつくりてありける」と、この時の州浜台は山や荒れた宿を作ったものであったらしい。しかし州浜台とは『倭名類聚抄』[6] で「洲」は水中、「浜」は水際也と記されているように、その名称から本来はどうやら海浜の風景を模した造物であったことがうかがわれる。州浜台は州浜の形に象った台であることも、海との関連性を示唆している。

Ⅰで詳述しているように、十一世紀後半に書かれた橘俊綱の著といわれている『作庭記』は平安時代の庭の造り方を解説する最古の庭園秘伝書である。造園の基本とは「生得の山水」を思い浮かべ自然の景色を造ることにあり、ここから国の名所や風情ある風景をなぞらえて、自然を写す縮景を取り入れていたものが平安時代の庭であったと知られる。平安前期の庭といわれる河原院が陸奥の松島塩釜の風景を模していたことも、この時代に自然を模した庭園が造られていた証左となっている。水景空間を演出する現在の庭は古来「しま」と呼ばれていたことからも、海と関連していることに気付かされるのである。

庭も州浜台も海という大きな景物を小さくし、所有するという概念は同一であり、その海の風景を精巧に再現するという点で類似性が認められる。後世になると嶋形、島台、蓬萊台などと名称変化する州浜史の変遷を辿り見れば、当時「しま」と呼ばれていた庭園の影響が少なからず見受けられるだろう。州浜台から続く造物の系譜には何らかの形で庭園文化が反映されていると考えられるのである。

近年、庭園遺構の発掘が進み、従来、不明であった庭園の形態が判明してきている。それと同時に文学でも空間としての庭に注目が集まり、文学が庭園文化をどのように吸収しているのか、そこから浮上する問題を改めて考えようとする動きがある。(7) 州浜について考察することも、そのような動きの一つであり、小林春美「洲浜の造形―越中の雪の島から」は州浜台の源流を越中の宴から読み取り、州浜前史を上代から探ろうとする。(8)

二　州浜台――物語、歌合などの資料から――

播磨の守、碁の負態しける日、あからさまにまかでて、のちにぞ御盤のさまなど見たまへしかば、華足などゆゑゆゑしくして、洲浜のほとりの水にかきまぜたり。

紀の国のしららの浜にひろふてふこの石こそはいはほともなれ

扇どもも、をかしきを、そのころは人々持たり。

(『紫式部日記』一二六〜一二七頁)

『紫式部日記』には播磨守の負碁の饗応をした日、里帰りしていた紫式部が、後日この時の州浜台を見た記載がある。歌合の記録から分かるように州浜台の描写は盤上の盆石が記されるのが一般的であるが、ここでは州浜台の盤上には全く触れていない。台の脚には花形の飾りや彫刻があり豪華な趣向を凝らしてあったが、この「華足」は州浜台を置いた下机のものであり、屈折した思いの中で記されたこの場面から州浜台の詳細を摑むことは困難に近い(9)。和歌に拠ると、この州浜台は白良の浜辺の風景を模していたようである。『紫式部日記』に見られるような州浜台の様相は平安時代の物合の中に多出しており、斎宮良子内親王貝合では歌枕である白良の浜と二見浦が模され、寛平御時菊合では吹上の浜、伊勢の網代の浜、田蓑島などの海浜の風景が詠み込まれている。室内に海洋風景を再現することが州浜台の大きな特徴であった。

様々な情景を盛り込み遊興の場を飾る州浜台は古代では形状、大きさなどが統一されておらず、天暦七年（九五三）の内裏菊合に使用された州浜台は長さ八尺、幅六尺ほどの大きなものに沈香で舟橋を銀で鶴を造り、辛崎の砂と水晶を敷き、白鑞を水底に敷くという豪華なものであった。また寛平御時后宮歌合では十の盆景の入る大きな州浜を取り外しが出来るように細工し移動を便利にしてあるなど様々に工夫されていた。

造物によって室内に海辺の風景を引き込むという点で、『うつほ物語』の海形という造物は州浜台と同類のものと考えられる。

かくて、九日の夜は、大殿、内裏の大饗の御前のものしたまふ。ここかしこより、いと清らにて奉りたまふ。右大将殿、大いなる海形をして、蓬萊の山の下の亀の腹には、香ぐはしき裛衣を入れたり。山には、黒方、侍

図1 『邸内遊楽図屏風』(出光美術館)

従、薫衣香、合はせ薫き物どもを土にて、小鳥、玉の枝並み立ちたり。海の面に、色黒き鶴四つ、みなしとどに濡れて連なり、色はいと黒、白きも六つ。大きさ例の鶴のほどにて、白銀を腹ふくらに鋳させたり。

(『うつほ物語』③一五六頁)

引用箇所によると海形とは海の風景の造物であり、等身大の鶴を造ったという点から、かなり大きな造物であったことがうかがわれる。ここは藤壺(あて宮)の第三皇子誕生を祝って盛大な産養が催されている場面であるが、この直前には州浜台についての記事もある。

一の宮の御方より、子持ちの御前の御ものの御膳、稚児の御衣、襁褓、いと清う調じて奉れり。白き折櫃に黄ばみたる絵描きて、白き、黄ばみたる銭積みたり。御石の台に、例の鶴あり。洲浜に、

行く末も思ひやらるる石にのみ千歳の鶴をあまた
見つれば

と、大将の君の手にて書きたまへり。

(『うつほ物語』③一五四頁)

図2　『年中行事絵巻』

慶事の贈り物に相応しく、やはり造物の鶴を盤上に置いてある。『うつほ物語』の二つの用例を比較すると、州浜台よりも海形の方が海の風景を再現するという意味ではより直接的である。しかし、『うつほ物語』と同時期の作品である『落窪物語』には「薄物、海の色に染めて、敷には敷きたり。黄金の州浜、中にあり。沈の舟ども浮けて、島に木ども多く植ゑて、州崎いとをかし」（三三五頁）と州浜台についての言及があり、舟を浮かべるなど海の風景を細工していることから、二つの造物は同じ意図で造られていると考えられる。

ここでさらに注目したいのは『うつほ物語』海形の記事の中にある「蓬萊の山の下の亀の腹」という箇所である。『落窪物語』にも黄金の州浜には島が築かれていた。斎宮良子内親王貝合の際に用いられた州浜台も「右、櫛の笥と思しき一具に絵書きて、懸籠の上に銀の海して、蓬萊の山を造りて、童男丱女の舟を浮けたり」と蓬萊山を築いている[10]。文化末年（一八一七）から約三十年にわたり、古今の書物を抜書きし、考証、論評を加えた『松屋筆記』[11]に「島臺は蓬萊の島のつくりもの〻臺なればさいふ也洲濱など同物也」とあるように、州浜台の上に蓬萊山に見立てた島が置かれ、これが「島台」といわれる所以となっている。さらに天保十四年（一八四三）刊行の有職故実書『貞丈雑記』[12]には「今時蓬萊の嶋臺とて洲濱の臺に三の山を作り松竹鶴龜などを作り其下に肴をもり置事昔より有し事也」「今世島臺と云物昔も有之古は嶋形と云蓬萊も嶋形の内也」などとあることから、州浜台は後世、嶋形、島台、蓬萊の島台などと名称変化していることが確認できる。このような名称の変転を眺める限り、海浜の風景を模した造物は、後代、蓬萊山に対する意識がはるかに強く造形に反映されている。

『御堂関白記』[13]には「姫宮御百日。（略）。御臺六本、以沈香作之、有螺鈿、面置銀洲濱、其上居盛物」と銀の州浜台に盛物を置いたことが知られ、『御堂関白集』には誕生祝いの鶴を置いた州浜台に賀の歌をつけて贈ったとある。[14] 同様に『紫式部日記』にも若宮の五十日の祝いとして州浜台が用いられた記述がある。他にも『御湯殿の上の日記』[15]の天正十七年（一五八九）三月十七日の条には、「又おとゝの右ふよりにゝ《こカ》十五日にめてたきとて。御さか月のたいと。すわまのたいと」と記されており、慶賀一般の場を彩るものとして州浜台は長期間用いられていたようである。先述した『貞丈雑記』の内容を踏まえると、蓬萊山の他に鶴亀、松竹などを造り、祝言や祝い物の装飾になっていたことから、蓬萊の島台とは慶賀に用いられた州浜台の流れを継承しているとみられる。[16] 造物の系譜の中で蓬萊山を象徴的に捉えて名称が変化するのは、蓬萊山に対する信仰が影響しているからである。神仙思想である、不老不死の仙人が住み、長寿延命の仙薬があるといわれた蓬萊信仰と慶賀が深く強く結びついたのだろう。

州浜台の名称遷移が一体いつ頃から始まったのかは判然としないが、応永年間に描かれた『十六式図譜』には「蓬萊三方」が描かれ次のように説明されている。[17]

> 奈良蓬萊とも云ふ、龜甲の模様を、銀泥にて書きたる三方の上に、銀泥にて、青海波を畫ける洲濱臺を載せ、其の上に蓬萊山を負へる龜甲臺に載せて置きたるにて、蓬萊山は、岩上に、松、竹、梅、橘、椿、桃を立て、欸冬、笹を根本に植ゑ、秘符を納めたる泉の壺を、岩上の正面に置き、松の枝に、鶴の巣籠を作りたるなり、洲濱の上にも、鶴龜、各、一番と岩、貝などとを置きたり、共に、口を開きたるが雄にて、閉ぢたるが雌なり。

別名、「奈良蓬莱」といわれるこの造物には州浜台が載っている。ここから、少なくとも室町時代には蓬莱山と州浜台の密接な関係があったことがうかがわれるのである。

州浜台の芸術性という点では『栄花物語』「月の宴」に「造物所の方には、おもしろき洲浜を彫りて、潮みちたるかたをつくりて、色々の造花を植ゑ、松竹などを彫りつけて、いとおもしろし」(『栄花物語』①五七頁)とあることから、禁中の調度を調える造物所で豪華な装飾を施されていたことがまず注目される。ここでは絵所までが州浜の絵を描いて、州浜台が競技の対象となっている。史実にも州浜台が競技の対象にされたことがある。斎宮良子内親王貝合では各地の名所や貝の名を詠むのに相応しい風情を州浜台に再現し、当初「めづらし」い貝を勝負の対象にしようとしたが、「州浜どもをや、勝負のけぢめにせむ」と、装飾を施された州浜台を勝負の対象にしようという新提案がなされている。この斎宮良子内親王貝合を参考にしているとされる『堤中納言物語』「貝合」では「えならぬ州浜の三間ばかりなるを、うつほに作りて、いみじき小箱に据ゑて、いろいろの貝をいみじく多く入れて、上には白銀、こがねの、蛤、うつせ貝などを、ひまなく蒔かせて」(四五二〜四五三頁)と形状、色彩の優れた貝のほかに、白銀や黄金で造られた蛤、うつせ貝が姫君に贈られている。このように州浜台は自然の縮景、模倣の枠を広げ、装飾の限りを尽くして芸術的達成を果たしていく(18)。

慶事の飾り物として江戸時代まで州浜台が受け継がれていく一方で、白河法皇の院政以後、豪華な飾り物として機能していた州浜台は、次第に歌合や物合の場から姿を消していく(19)。風流を禁ずる風潮の中で歌合自体が略式化され、州浜台の用例もまた僅かに『風葉集』や『増鏡』などに見える程度になる。錦仁「中世文学と文化資源—和歌研究の見直しのために—」は歌合における州浜台の衰退は庭園文化の発達と不可分の関係にあることを指摘し、

「寝殿造りの庭園は単なる美しい風景を人工的に構成したもの、という次元をはるかに超越している。各地の風景は、和歌という大きな力を秘めた言葉で詠み呼ばれるとき、庭園のなかに集められ存在させられてしまう」と述べている。[20] 精巧に磨かれた庭園が造られるようになったことで、和歌を詠むための装置としての州浜台が必要とされなくなったということらしい。[21]

自然のミニチュア的世界を形成する庭園は「大きな力を秘めた」和歌が詠まれることで、呪力を得ていたと考えられないだろうか。自然情景を凝縮、凝集した庭園とは、ある宇宙を支配しているともいえる。和歌という呪的な力を汲み上げる、呪的空間として機能しているともいってよいだろう。自然のミニチュアとして一つの世界を形成する州浜台にもまた呪的宇宙観が投影されていると考えられる。和歌という呪的な言葉を引きだし、神と交通する手段である文字[22]を書き付けた紙を台の上に置くことで、州浜台は呪能の集積する場になっている。もとより、州浜台が神仙世界を象った聖なる空間であったことを考え合わせれば、州浜台は幾重にも呪的要素が集結する空間であったといえるだろう。

州浜台を飾る慶事としての場も、ある独特な呪的空間を包含する。州浜台の抱える呪的空間としてのあり方が慶事という空間と共鳴しているといえようか。呪的な空間の飾り物として呪的な側面を持つ州浜台がより密接に関わるようになったために、歌合の州浜台が衰退する経緯を辿った一方で、慶事の飾り物として残存した可能性が強いのである。

三　島——須弥山、蓬萊山——

日本の古代庭園の起源は中国園林に遡る。中国では紀元前六〇〇年よりも以前から「囿」という皇帝の狩猟地があった。植物や動物を鑑賞するために仕切りを設けられた囿は「苑」といわれ、「園」では果樹を植えていた。[23]『倭名類聚抄』[24]によると、「庭」は「屋前也」と平坦な場所を意味し、「園」は「所以城養禽獣也」と禽獣を養うところであった。「庭園」という語は時代的に新しい文献に登場し、貞享元年（一六八四）刊行の『雍州府志』の中で最初の用例が見える。『倭名類聚抄』の意味から見ると、『作庭記』が記す池や島などがある空間は、厳密には「には（庭）」の定義には含まれないことになる。[25]現在、我々が庭と認識し、水が流れ、島や築山がある空間と「には」の定義には齟齬があることに気づく。

夏五月の戊子の朔にして丁未に、大臣薨せぬ。仍りて桃原墓に葬る。大臣は稲目宿禰の子なり。性、武略有りて、亦弁才有り。以ちて三宝を恭敬して、飛鳥河の傍に家せり。乃ち庭中に小池を開れり。仍りて小島を池の中に興く。故、時人、島大臣と曰ふ。

（『日本書紀』②五八九～五九〇頁）

Ⅰで詳述しているように、推古紀三十四年（六二六）五月丁未の条の蘇我馬子の死亡記事に、馬子の邸宅には「小島」や「小池」があったと記されている。これは蘇我馬子が邸に初めて池の中に島を築く園池を設けたので馬子を「島大臣」と呼んだという逸話である。文献で認められる島の用例はこの記事が最古である。『伊勢物語』にも「島このみたまふ君なり、この石を奉らむ」（一八〇頁）とあり、池や小島、石を配置して造った池水形式庭園を「しま」と捉えている。この馬子の邸は大化改新の後に皇室が所有したようであり、天武紀十年（六八一）九月には「辛丑に、周防国、赤亀を貢る。乃ち島宮の池に放つ」（『日本書紀』③四一一頁）という記述がある。[26]嶋宮は天武天皇の皇子・草壁皇子の所有となり、『万葉集』には皇子を悼む挽歌に嶋宮にまつわる歌群が存在する。[27]これら嶋宮関連の歌群によると嶋宮には「勾の池」と「上の池」があり、池には島が築かれ、石を並べた磯や水路があり、鳥が放たれ、躑躅が咲き乱れていた。穏やかな庭の風景がここには確かにある。

作庭の最初の例として、推古紀二十年（六一二）に百済国から来た斑の醜い白癩の人を海中の島へ追放しようとすると「亦臣、小なる才有り。能く山岳の形を構く」（『日本書紀』②五六九頁）と答え、「須弥山の形と呉橋」を南庭に設けたので、この人を路子工と呼んだという逸話があげられる。斎明紀三年（六五七）の条にも都貨羅国の男女六人が海見島に漂泊して、その人々が飛鳥寺の西に須弥山の像を造ったという記載があり、斎明紀五年（六五九）には甘梼の東の川原と石上池の辺にも須弥山を造ったとされている。[28]

須弥山とは仏教の宇宙観で世界の中心にそびえ立つ高山をいう。須弥山の周りには九山八海があり、そこに理想世界があると信じられていた。[29]『日本書紀』における須弥山関係の記事を俯瞰して見ると、二度目の須弥山の記事では「須弥山の像を飛鳥寺の西に作り」（『日本書紀』③二〇九頁）とあり、三度目以降の記事では像ではなく、須弥山を造っている。このことから最初の路子工の逸話にある「須弥山の形」は山の形に似た「像」であった可能性がある。仮設的景物を設けることが、初期庭園の姿の一つであったのかもしれない。

ここでの須弥山はやがて蓬萊山へと変わって、江戸時代後期に記された『嘉良喜随筆』には「日本紀ニ、異国ヨリ癩人来朝、ケガラハシ追戻ントス。癩人云、吾ニ技アリ、蓬萊ヲ作ルト。仍テ蓬萊ノテイヲ仮山ニ作ル。コレ仮山ノ始也」とある。(30)これは先述した『日本書紀』の路子工の逸話によるものであり、須弥山が蓬萊山に変更され、庭園に蓬萊山を築いたものが仮山の始まりであると述べている。

島を築く造園背景には神仙思想がみられるという。(31)『漢書』には「池中有蓬萊方丈瀛州壷梁象海中神山龜魚之属」(郊祀志下)とあり、漢の武帝の故事には池に三神山を象った島を築いた記述がある。また『三国史記』の百済本紀第五、武王三十五年(六三四)三月の条にも「穿池於宮南。引水二十余里。四岸植以楊柳。水中築島嶼擬方丈仙山」(32)とあり、百済でも水中に島を築いて三神山の一つである、方丈神仙山になぞらえていたという逸話が残っている。秦・漢の時代になると阿房宮や上林苑など大規模な宮殿が建設されているが、この時代の文献に三神山を造ることが記されていることを符合させれば、神仙思想が園林に投影されていることが分かる。

遣隋使が派遣された隋の時代には西苑と呼ばれる園林があり、西苑には北海という池の中に蓬萊方丈瀛州の三神山が配置されていた。このような文化を築いていた大陸との交流から、庭園に築く島を三神山に見立てる手法を日本でもかなり早い段階から行っていたと推測することができる。わけても、日本では『竹取物語』の中で「蓬萊の山」「蓬萊の玉の枝」などとみられるように、不老不死の地とされる蓬萊山への信仰は根強い。これは古代日本民族がはるか海の彼方に常世の国があると信じていた常世思想と結びついて、蓬萊山に見立てて、島を築くようになったためではないだろうか。

『源氏物語』胡蝶巻で「中島の入江の岩蔭にさし寄せて見れば、はかなき石のたたずまひも、ただ絵に描いたらむやうなり」(胡蝶③一六六頁)と記されるように、蓬萊山は六条院の春の町の池の描写にみえている。物語中で中島の用例は三例あり、少女巻に一例、この胡蝶巻に二例ある。引用箇所の直後、女房達の歌が四首続く中にある「亀の上の山もたづねじ舟のうちに老いせぬ名をばここに残さむ」(胡蝶③一六七頁)という歌は、この中島が蓬萊山であることを示唆する。[33] 先述した『うつほ物語』の海形という造物に「蓬萊の山の下の亀」があったことを考え合わせれば、当時の造物と造園は蓬萊山によって通底していることに突き当たるのである。

庭園文化の発達は平安時代になってからである。貴族は寝殿の南庭を隔てて池を造り、中島を築き、池に臨んで釣殿を設けるいわゆる「寝殿造」といわれる形式の邸に暮らすようになる。『作庭記』が冒頭から水景について触れるのは、水の配置が庭の構成に重要であることを示しているからであろう。王朝文学作品の多くに雨や霧など、水にちなんだ表現が豊かに記されているように、平安京は水に恵まれた地であった。『拾芥抄』[34]は水が湧出する場として、滋野井、石井、内記井、常盤井などをあげている。『源氏物語』で明石から上京した明石の君が滞在した大堰も、古くは「大井」と記したともいわれ、[35]やはり水量が多い地として描かれている。この豊富な水量は海から遠く隔たった都と海を結ぶ。「年ごろ経つる海づらにおぼえたれば」（松風②四〇七頁）と大堰の水量の豊富さが明石の海を想起させ、また源融が塩釜の海岸を模した庭園をもつ河原院を造っているように、広大な池水によって遠のいた海を象っている。『作庭記』の立石の項目の中には「池のいし□《ハ》海をまなぶ事」とあり、庭園が海の興趣を取り入れ、重んじていたことが分かる。

四　州浜台の系譜——造物の伝来——

斎明紀六年（六六〇）に記された須弥山は「高さ廟塔の如し」とあり、路子工の逸話にあった「須弥山の形」と比較すると巨大化している。このような現象を作庭に置換して考えてみると、当初は庭園にも小さな模型のようなものがあり、それが次第に巨大化したとも考えられる。[36]

古くからある幾つかの造物に目を転じてみると、まず自然石や砂を盆の上に配置し、風景を造り、鑑賞するものとして盆石がある。盆石は中国の縮景盤や占景盤が源流とされ、庭園の設計模型や州浜を描いたと伝聞されている。[37]近世後期には盆山と混同し、山の形によって遠景を造るものを盆山、岩の形で近景を造るものを盆石といった。[38]現在、この盆石には様々な流派があるが、細川流の伝書には「石術四躰」という言葉があり、これは「盆山」「盆庭」「盆石」「景砂」の四つの形態を総称したものであるという。なかでも盆山が最も古く、推古天皇の時代に百済から献上された「博山香炉」の鉢の上に石を山に見立て、白砂を敷いたものが発祥とされている。明治三十七年（一九〇四）に出版された窪田昌保『博山香爐之私説』では「博山は蓬萊とか須弥山とか言う如きものを想像して可ならん」と述べられている。[39]石を山に見立てて、周囲に白砂を敷く様子は庭園様式と類似しており、造園文化と造物文化の相関関係を窺うことができる一面を持つ。

州浜台の前身と考えられる正倉院宝物の仮山は杉板を州浜形に整形し、朽ちた木を集めて岩を造り、香で山の形を造り、そこに胡粉や緑、褐色で彩色し、その上に樹木が植えてある。[40]同じく宝物の蓮池の存在をも併せ、そこから浮かび上がってくるものは蓬萊山の姿である。『東大寺要録』「延暦僧録」には遣唐使であった藤原清河が長安の宮廷で、大海亀の上に築かれた蓬萊山に黄金の石を敷き、樹木や花を飾った装飾品を目にしたという記事もある。

さらに、州浜台の前身と考えられるものに標山がある。折口信夫は標山の観念化を経たものに州浜、島台があると指摘する。[41]『続日本後紀』の天長十年（八三三）十一月の項には悠紀と主基の二つの標山があり、ここには梧桐を植え、五色の雲を棚引かせ、日像、月像が山の上に、山の前には天老、麟像、山の後ろには呉竹を配置していたとある。大嘗祭における標山の記録は文正元年（一四六六）まで認められるため、[42]標山と州浜台が長い間、共存していたようである。[43]萩谷朴『平安朝歌合大成』は州浜台は物合からの伝承において発生したのではなく、儀式や饗宴などの風習を受け継いだものに過ぎないと説いている。(44)ここに折口の説を重ねると、造物の系譜には標山―州浜台―島台という一筋の流れが見えてくる。盆石（盆山）や正倉院宝物の仮山を含め、標山、州浜台、島台と造物は全て山（多くは蓬莱山）を意識的に模しているのではないかと考えられるのである。(45)

「名は体を表す」という諺もあるように、造物の系譜を辿ると、どの造物も実体と名称が一致している。州浜台は現存最古の歌合である民部卿家歌合に初出して以降も、発生時期や語源は依然として不明である。しかし、新井白石の語源辞典『東雅』では「洲」を「シマ」と読み、「島」も古くは「洲」をあてていたと説かれている。(46)古代、「しま」と呼ばれた庭と州浜台は造形だけではなく、語源的側面からも連関性が見られるのではないだろうか。装飾を凝らした造物が次第に巨大化して庭園文化に影響し、その庭園文化が平安時代に急速に発達したことで、反対に造物の系譜に相互作用を及ぼしたのではないか。物語世界に多く取り込まれた庭園文化は実世界の造物にも取り込まれ、州浜台、嶋形、島台という庭に寄り添った名称の造物を出現させたのである。(47)

「若宮の御まかなひは大納言の君、東によりてまゐり据ゑたり。小さき御台、御皿ども、御箸の台、洲浜なども、雛遊びの具と見ゆ」（一六二頁）と『紫式部日記』に言及があるように、大きなものを小さくするという行為は、それを所有したいとする自らの内面を映し出すことにつながる。海辺の風景を再現し、理想郷である蓬莱山を築く州浜台も庭園も、それを所有したいと願う人々が造りだした空間である。

註

（1）森蘊『「作庭記」の世界―平安朝の庭園美』（日本放送出版協会、一九八六年）。

（2）『元興寺文化財研究所年報　一九七七、一九七八』㈶元興寺文化財研究所、一九七九年三月。近年では、稲城信

子「「自然」と「造り物」」、福原俊夫「見立ての造り山―興福寺延年をめぐって―」（共に『東アジアにおける自然の模倣（造り物）に関する研究』㈶元興寺文化財研究所、二〇〇六年三月）などがある。

（3）『国語国文論集』一九八五年三月。

（4）『文学』二〇〇六年五月。

（5）『美術史研究』一九九五年十一月。美術的な見解を提示し、首肯すべき点が多いが、本章では州浜台には庭園文化の影響が強く反映されていると考えている。

（6）元和古活字那波道圓本。諸本集成『倭名類聚抄』（臨川書店、一九六八年）。

（7）『日本文学』二〇〇三年五月の特集で庭園と文学についての特集が組まれている。Ⅰ「1　庭の発生」参照。

（8）『國學院大學大学院文学研究科論集』二〇〇五年三月。

（9）萩谷朴『紫式部日記全注釈』上巻（角川書店、一九七一年）参照。負態の記事が簡略なことについて、紫式部が有国一家に対して、同じ家司階級としての強い対抗意識を持ち、それゆえに冷淡な態度をとっていると説く。

（10）『長久元年五月六日斎宮貝合日記』陽明文庫による。

（11）『松屋筆記』（国書刊行会、一九〇八年）。

（12）新訂増補故実叢書『貞丈雑記』（明治図書出版、一九五二年）。

（13）大日本古記録『御堂関白記　中』（岩波書店、一九五三年）。長和二年（一〇一三）十月二十日の条。

（14）蔵人少将子むませたりける七日の夜、とのよりつかはす、すはまに

　あしたづをなでおほしてしかひあればたちてしひなの千代ごゐぞまつ

（15）続群書類従・補遺三『お湯殿の上の日記』（続群書類従完成会、一九五七年）。

（16）白幡洋三郎「島台考―序説」（『表現における越境と混淆』二〇〇五年九月）参照。『貞丈雑記』には蓬萊の島台は装飾した台としてだけではなく、酒肴を載せる台でもあったと記されているが、白幡氏によると同じ島台に見える物でも酒肴を載せる台は「蓬萊押台」「押台蓬萊」などともいわれていたようである。白幡洋三郎「島台考

(1) ―島台と婚礼」(『日本研究』二〇〇七年五月)も併せて参照。

(17) 『旧儀装飾十六式図譜・解説書』(霞会館、一九九四年)参照。

(18) 平川治子前掲論文にも同様の指摘がある。

(19) 萩谷朴『平安朝歌合大成』巻十(一九六九年)参照。谷山茂「解説」(大系『歌合集』岩波書店、一九六五年)でも院政期になると、醍醐・村上・後冷泉朝のように、広く諸氏諸家の代表を参加させての盛大な宴遊行事的歌合が殆ど見られなくなることを指摘する。

(20) 『国語と国文学』(二〇〇〇年十一月)六五頁。

(21) 註(4)に同じ。錦仁前掲論文では庭園は州浜を内包し、州浜は庭園の核心にひそむ原型的世界として意識されていると説く。

(22) 白川静＋梅原猛対談『呪の思想　神と人との間』(平凡社、二〇〇二年)参照。

(23) 古代中国では苑囿や苑園の語は皇帝の庭園施設を意味した。現在はこれを園林の語で統一している。金子裕之「宮廷と苑池」(金子裕之編『古代庭園の思想―神仙世界への憧憬―』角川書店、二〇〇二年)参照。

(24) 高崎正秀「「庭」其他―神座の研究―」(高崎正秀著作集第三巻『萬葉集叢攷』桜楓社、一九七一年)では、『万葉集』の用例から海面を「庭」と記したものが、最も古い「庭」の意味であると指摘している。庭と海の関連として示唆的である。

(25) 「には」などの庭園用語についてはII「1 『万葉集』の庭」で論じている。

(26) 奈良県高市郡明日香村島庄を中心に、七世紀前半の大型の建物跡や方形池遺構が広がっている。平成十六年(二〇〇四)には蘇我馬子邸の正殿とみられる建物が見つかり、注目を集めた。なお蓬萊山、須弥山に関してはI「1 庭の発生」と重なる部分が多い。併せて参照。

(27) 『万葉集』の一七〇番歌から一九三番歌までが嶋宮にまつわる歌群である。

(28) 『日本庭園史大系』第二巻(社会思想社、一九七四年)。

(29) 武田比呂男「古代における庭園―その機能と表現をめぐって―」、寺川眞知夫「中国モデルの庭園の受容と基盤」(共に『日本文学』二〇〇三年五月)などに須弥山の詳細な考察がある。
(30) 『日本随筆大成』第一期二十一巻(吉川弘文館、一九七六年)。
(31) 金子裕之前掲論文。
(32) 新羅の雁鴨池と共に日本の池泉庭園の源流とみられている人工池であり、現在、宮南池として復原されている。
(33) 小林正明「蓬萊の島と六条院の庭園」(『鶴見大学紀要』一九八七年三月)。蓬萊と亀山についてはI「1 庭の発生」参照。
(34) 新訂増補故実叢書『拾芥抄』第二十二(明治図書出版、一九五二年)。川瀬一馬『夢窓国師 禅と庭園』(講談社、一九六八年)にも指摘がある。
(35) 大堰川は、古代には葛野川と通称し(『山城国風土記』逸文、『日本後記』延暦十八年(七九九)十二月四日条)、また大堰(『日本後記』延暦十八年(七九九)八月十二日条)、大井川(『弘法大師弟子伝』)、大井河(『日本紀略』延長四年(九二六)十月十日条)、西河(『三代実録』貞観二年(八六〇)九月十五日条)、葛河(『三代実録』仁和三年(八八七)八月二十日条)などと記されている。
(36) 水野正好「古代庭園の成立とその道程」(金子裕之編『古代庭園の思想―神仙世界への憧憬―』角川書店、二〇〇二年)参照。蘇我馬子邸の小島、小池は「模した小形の庭」であり、その原形を求めると、正倉院に現存する「蓮池」「仮山」のような小模型が視野に上がってくるという。庭園の設計には模型だけではなく絵画も使われていたのではないかと考えられる。I「2 『作庭記』をめぐって」参照。
(37) 田中哲雄『発掘された庭園』(至文堂、二〇〇二年二月)、樋口清之「盆石の歴史」(『細川流盆石 家元勝野友禧子作品集』細川流盆石家元事務所、一九六六年)参照。
(38) 角川書店CD―ROM版『古語大辞典』に拠る。
(39) 永井保『細川流盆石の流れ 明治より昭和まで』(細川流盆石家元事務所、一九八〇年九月)によると明治期の盆石家浅岡五石の依頼によって作られた冊子で、数十部程度印刷されたと見られる稀覯の書物である。樋口清之前掲論文でも盆石発生の遠因となったものに須弥山造顕の思想があったと述べられている。

(40) 稲城信子前掲論文。田中哲雄前掲論文にも州浜に対する言及があり、正倉院宝物の仮山を州浜の前身と考えている。

(41) 折口信夫「髯籠の話」（折口信夫全集第二巻『古代研究（民俗学篇第1）』中央公論社、一九六五年）。

(42) 大嘗祭は文正元年から貞享四年まで中断するが、再開された貞享四年の大嘗祭には標山の記載はない。大嘗祭の断絶に関しては、田沼睦「室町幕府財政の一断面―文正度大嘗会を中心に―」（『日本歴史』一九七七年十月）参照。

(43) 家永三郎『上代倭絵全史（改訂重版）』（名著刊行会、一九九八年）は標山の起源を中国に求め、州浜は中国趣味、道教的色彩が強い標山などの造物を日本的感覚によって作り直したとみている。

(44) 註（19）に同じ。

(45) 稲城信子前掲論文では造物の系譜の中で、標山は山に対する信仰を主とするものに、州浜台や島台は木に対する信仰を主にするものに分け、両者は別系統のものと捉えている。一方で郡司正勝『風流の図像誌』（三省堂、一九八七年）は本章と同様、造物における山の系譜を認める。ただし、本章とは造物と造園の関係性についてやや見解を異にする。

(46) 新井白石『東雅』（早稲田大学出版部、一九九四年）。

(47) 岸俊男「「嶋」雑考」（『日本古代文物の研究』塙書房、一九八八年）の註（62）において、「蓬萊の嶋台」と庭園の「嶋」との関わりを示唆する指摘がある。

〔附記〕本章を成すにあたり、盆石に関する資料の閲覧の許可を賜った細川流盆石家元事務所（現㈶細川流盆石）に深謝申し上げる。

III

儀式の庭、権力の庭

1「くもりなき庭」考
——和歌史から花宴巻へ——

前章までに上代では「には（庭）」は儀式・儀礼の場を意味する語であったことを論じてきた。それを踏まえて本章では物語の庭の儀式性に注目することで、物語の新たな読みの考察を試みる。

平安期の物語は「和歌的な芸術言語」[1]である歌語を取り込むことで、その表現方法に豊かさを生み出した。和歌を含む物語場面は、和歌固有の類型性の上に成立している[2]。もとより『源氏物語』には『古今集』以来の歌語の浸透があり、その表現効果を高めているといわれる[3]。歌語の認定範囲に関しては、今もって決着をみないが、本章では歌語的要素をもつ「くもりなし」という表現から物語を辿り見ることにする。本章で注目する「くもりなき庭」という言葉は『源氏物語』花宴巻における桜の花の宴、儀式の場に登場する語であるが、「くもりなし」と「庭」の組み合わせは他には類のない特異な表現である。歌語的要素を持つ「くもりなし」という表現が散文に用いられる意味を読み直すことで、「くもりなき庭」の表現の一端を明らかにしていきたい。

一　「くもりなき庭」の特異性

(a)地下の人はましてみかと春宮の御さえかしこくすくれておはしますかゝる方にやむことなき人おほくものし給ころなるにはつかしくはる〳〵とくもりなき庭にたちいつるほとはしたなくてやすきことなれとくるしけ也

(b)地下の文人なとはましてみかと東宮もさえかしこくかゝるかたにやむ事なき人おほくものしたまふころなるにはる〳〵とくもりなきおまへのにはにたちいつる心ちともはしたなくてやすきほとの事なれといとくるしけなり

右の引用は共に『源氏物語』花宴巻の場面であり、(a)は定家本を模した臨模本である明融本、(b)は尾州家河内本の本文である。二つの本文を比較すると、明融本は「くもりなき庭」、尾州家河内本は「くもりなきおまへのには」と、わずかに本文の揺れが見られる。『源氏物語大成』(4)によると、青表紙本系統の本文である大島本は「くもりなきには」と「庭」の表記が仮名で記され、河内本系統の本文は「くもりなきおまへの庭」である。そもそも河内本とは欠損部を他の様々な写本によって補っている混交本文であり、現在、重視されている青表紙本系統の本文よりも分り易い。該当箇所も「くもりなき庭」の解釈が通りにくいことから、「おまへの」と言葉を補ったのであろう。(5)

この桜の花の宴が行われたのは紫宸殿南庭である。南庭は敷地全体が白砂に覆われた平坦地で、節会など年中行事が執り行われたハレの場であった。Ⅰで詳述しているように、古代、「には」は神事に関わる場であり、『万葉集』(6)の「庭中の阿須波の神に小柴さしあれは斎はむ帰り来までに」(四三五〇)、『能宣集』の「山人のたける庭火のおきあかし声々あそぶ神のきねかな」（一三〇）などから「には」とは祭祀儀礼の場であったと考えられる。

この「庭」を修飾している「くもりなし」という言葉に目を転じると、花宴巻の「くもりなき庭」という表現の特異性が浮かび上がる。「くもりなし」とは一点のくもりがないことを意味する言葉である。『源氏物語』には「くもりなし」の用例が十四例あるが、たとえば「十七日。曇れる雲なくなりて、暁月夜、いともおもしろければ」（『土佐日記』三一頁）にみられるように、これ以前の散文には「くもりなし」という表現はない。『源氏物語』と同時期の作品では他に『紫式部日記』四例、『唐物語』二例の用例が僅かに認められ、(7)時代が下ると『大鏡』『御伽草子』『太平記』などにも用例がある。『源氏物語』『紫式部日記』に用例が多出することから、紫式部に特有の表現であると推測される。

散文での用例は少ないが、和歌で用いられる傾向は極めて強く、歌語と認めてもよい表現であると考えられる。なかでも花宴巻の「くもりなき庭」のように、「くもりなし」と「庭」の語が組み合わされた歌は「くもりなき雲ゐの庭の月影に朝くらうたふ声もさやけき」（『新明題集』・二九一一）「くもりなき庭火のひかり神さびて空すみまさる朝倉のこゑ」（『安嘉門院四条五百首』・七二）などがあげられるが、「くもりなし」という語が直接「庭」を修飾する例はない。

「くもりなき庭」という表現の不可解さに河内本は「くもりなし」という表現を「庭」ではなく「おまへ」の修飾、つまり桐壺帝を言祝ぐものとして認めたのではないだろうか。花宴巻において桜の花の宴は詳細を語られていないが、物語の中では須磨・薄雲・少女巻と三度回想され、桐壺の御代を代表する華やかな宴であったことが知られる。(8)その意味で確かに「くもりなし」とは桐壺帝の御代を言祝ぐものではあるが、果たしてそれだけを意味する表現なのであろうか。花宴巻における桜の花の宴は桐壺帝最晩年の盛儀である。桜の花の宴と藤の花の宴という華やかな二つの宴を描く花宴巻は桐壺帝から、朱雀帝へと政治情勢が移りつつある転換期を描く巻でもある。政治情勢の変化は光源氏にもやがて不遇が訪れることを予感させる。そのように考えると、桜の花の宴が単に桐壺聖代を伝えているとは考えにくく、異彩を放つ「くもりなき庭」という表現にこそ本場面の本意が立ち現れているのではないかと考えられるのである。

二　歌語「くもりなし」

そもそも『万葉集』には「この見ゆる雲ほびこりてとの曇り雨も降らぬか心足ひに」（四一二三）とあり、古代では「との曇る」「朝曇り」のように、雲や霧によって空が覆われる自然情景が歌われることが多かった。(9)「雲の波」「雲の果たて」など雲に関連した歌ことばが数多く存在するのも、万葉の時代から空を覆う雲の自然情景を詠み継いできた証左であろう。一方で『枕草子』「雲は」にある「月のいと明かき面に薄き雲、あはれなり」（三七二頁）や「照りもせず曇りもはてぬ春の夜の朧月夜にしく物ぞなき」（『千里集』・七二）のように、くもることによって不明瞭になった月光を讃美する表現もある。また「隠口の泊瀬の山の山の際にいさよふ雲は妹にかもあらむ」（『万葉集』・四二八）のように想う人の魂の表れ、呪的なものとして雲が詠われる場合もあった。

そこから次第にくもりのない自然情景が詠まれるようになったと考えられる。和歌では『赤人集』の「くもりなくたきはやまさへはれゆけば水の色さへあらたまりゆけ」（三二）が最も早い用例とみられるが、『赤人集』の成立経緯を鑑みるとき、この歌を赤人の作と認定するにはやや疑問が生じる。しかし、『赤人集』の大部分が万葉後期の歌である『万葉集』巻十の作者不明歌と大江千里の『句題和歌』とでほぼ構成されていることから、(10)九〇〇年前後には既に詠まれていた表現だろうと考えられる。平安中期頃からしばしば歌に詠まれ、「くもりなき月とは見えでちりもゐぬかがみにむかふ心ちこそすれ」（『和泉式部集』・八六二）、「くもりなきそらのかがみと見るまでに秋の夜ながくてらす月かげ」（『続後撰集』・三二七・紫式部）、「くもりなきおほうみのはらをとぶとりのかげさへしるくてれる月かげ」（『曾丹集』・三八七）などがあるが、八代集以降、自然情景の例は少なくなる。

いま一つ「くもりなし」の表現は天皇の御代を言祝ぐ賀歌に多い傾向がある。「みがきける心もしるく鏡山くもりなきよにあふがたのしさ」（六〇六）の『拾遺集』収載歌にみられるように、くもりのない輝かしい聖代を言祝ぐのである。

『後拾遺集』に採録されている閑院贈太政大臣の歌もまた聖代を讃える歌である。

くもりなきかがみのひかりますますもてらさんかげにかくれざらめや　（四四三）

「くもりのないこの鏡に反射した光がますます増すように、若君の威光は一層照り輝くだろう。その若君の威光のもとに、どうして我が身をよせないであろうか」と、日の光―鏡―若君の威光と結ぶことで頌歌となっている。詠者は白河天皇の外祖父にあたり、皇子の将来の威光に期待し、その喜びを表現しているのである。

もとより、鏡とは太陽の表象であった。『古事記』にある天照大御神の天岩屋戸伝説では、天岩屋戸に籠もっていた天照大御神は八尺鏡に映った自分の姿を見て、岩屋戸の外にもう一人の太陽神がいるのかと疑い、外を覗き見ていた時に引き出されている。鏡は天降る彦火火出見尊に託され、天照大御神の神体として位置づけられていく。この逸話に拠ると、神と天皇を結びつけ王権を保証する機能を鏡は負っていることになる。「くもりなし」という表現が「鏡」や「鏡山」にかかり御代を言祝ぐ言葉として作用しているのも、このような伝承を和歌の背景に抱えているからであると考えられる。この逸話に由来するように、天照大御神と鏡に関する歌は「くもりなきあまてる神のます鏡むかしをいまにうつしてしかな」（『新後撰集』・七一九）、「くもりなき君が心のかがみにぞあまてる神は影やどしける」（『新続古今集』・二〇八八）など複数みられ、他にも春日や日吉などの神名から神の加護を詠む。「くもりなし」の詠歌が神祇歌で多いのもこれに依拠している。くもりのない自然情景を詠む用法が次第に比喩的な用法へと拡大したのであろう。

二十一代集に採録された「くもりなし」の歌は七十五例ある。このうち賀歌が三十例、神祇歌・釈教歌に区分され、神仏に関わるものが二十九例、くもりのない自然美を詠うものが十六例ある。[11] 勅撰集では自然情景を讃美するより、むしろ比喩的用法がはるかに多いことが分かる。勅撰集は南北朝など時代が混乱している時に編まれる傾向があり、[12] 和歌によって国を統治しようとする姿勢、和歌による文化的統治理念が透かし見えるという指摘がある。[13]『新古今集』[14] 真名序には「誠是理世撫民之鴻徽、賞心楽事之亀鑑者也」（五七八頁）とあり、和歌は世の中を治め、民を慈しむものであると述べられている。さらに『風雅集』真名序には「専欲挙正風雅訓兮遺千載之美者也」とあり、国を正すものとして和歌を位置づけ、和歌による統治理念が明確に記されている。このような和歌と統治理念を結びつける考え方は『古今集』[15] に早くも言及があり、仮名序には「かくこのたび集め撰ばれて、山下水の絶えず、浜の真砂の数多く積もりぬれば、今は、明日香河の瀬になる恨みも聞えず、さざれ石の巌となる喜びのみぞあるべき」（二九〜三〇頁）と勅撰集の編纂後に天皇の徳が広がったとされる。[16] 聖代であるから頌歌が多く生まれるだけではなく、頌歌の編纂自体が聖代を支えるのである。

たとえば十一番目の勅撰集である『続古今集』編纂の時代背景を確認すると、後嵯峨天皇は在位四年、寛元四年

（一二四六）に四歳の皇子、後深草天皇に譲位したが、正元元年（一二五九）に後深草天皇を退位させ、十一歳の皇子、亀山天皇を即位させて院政をとり続けた。『続古今集』の編纂が後嵯峨上皇の院宣によって始まったのも同じ年のことである。[17]しかし、『続古今集』の撰者を推挙した後嵯峨上皇の第一皇子である宗尊親王は『続古今集』撰進の翌年、謀反の疑いで鎌倉から京に送還され三十三歳で没している。後嵯峨上皇崩御後は後深草天皇の皇統と亀山天皇の皇統が皇位継承を争い、北朝と南朝に分裂しているように、時代背景は混沌とし、聖代であるとは言いがたい。亀山天皇は譲位後院政をとり、弘安元年（一二七八）には『続拾遺集』を撰進させていることを考慮すると、時代が混沌としているからこそ敢えて勅撰集を編纂し、聖代であることを世に知らしめよう、天下安寧を図ろうとする意思が働いていたのではないか。南朝では長慶天皇が『源氏物語』の最初の語彙辞典『仙源抄』（一三八一）を、弟の師成親王が『類字源語抄』（一四三二）を編むなど、『源氏物語』の語彙辞典を続けて編纂する。長慶天皇の時代、南朝が北朝に圧倒されていたことを顧みれば、文化的なものによって乱世を支配しようとした一端をここからも読むことが出来る。[18]

最後の勅撰集となる『新続古今集』の成立も、足利義教時代の多難な政情下のときであった。足利義政の推挙によって飛鳥井雅親が撰者に選ばれ、次の勅撰集の編纂の準備がされるが、応仁の乱の影響で『新続古今集』が最後の勅撰集となったように、聖代であることを讃えることと現実の世は乖離している。勅撰集における「くもりなし」の表現が自然情景ではなく、賀歌で用いられる傾向が強いこともまた、和歌によって乱世を支配しようとする意識と無関係ではないだろう。乱世に勅撰集を編纂し、その上で「くもりなし」の詠歌を賀歌に採録することで、意図的に「くもりなき」世を作り出そうとしたのではないかと推測されるのである。

三　『源氏物語』における用例

既述したように、『源氏物語』には「くもりなし」の用例が十四例ある。同時期の他の散文には用例の少ない、極めて特異な表現であると考えられる。

①風はいとよく吹けども、日のどかに曇りなき空の西日になるほど、蟬の声などもいと苦しげに聞こゆれば、「水の上無徳なる今日の暑かはしさかな。無礼の罪はゆるされなむや」とて、寄り臥したまへり。（常夏③二二三頁）

②月さし出でて曇りなき空に、翼うちかはす雁がねも列を離れぬ、うらやましく聞きたまふらんかし、風肌寒く、ものあはれなるにさそはれて、箏の琴をいとほのかに掻き鳴らしたまへるも奥深き声なるに、いとど心とまりはてて、なかなかに思ほゆれば、琵琶を取り寄せて、いとなつかしき音に想夫恋を弾きたまふ。（横笛④三五四～三五五頁）

③京よりも、うちしきりたる御とぶらひども、たゆみなく多かり。のどやかなる夕月夜に、海の上曇りなく見えわたれるも、住み馴れたまひし古里の池水に思ひまがへられたまふに、言はむ方なく恋しきこと、いづ方となく行く方なき心地したまひて、ただ目の前に見やらるるは淡路島なりけり。（明石②二三九頁）

①②③は空に関わる用例である。①②は共に雲がなく空が晴れ渡っている様子が描かれている。雲や霞、霧など

がかからずに、視界がはっきりしている様子は③の用例も同じである。③では光源氏が「こよなく明らかになつかし」（明石②二三五頁）と感じた明石の地で海上のくもりもない、一面に遠くまではっきりと見える景色によって、紫の上が住む京の二条院の池を思い起こし、望郷の念を募らせている。天象に関係する用例としては次の用例も同類である。

④今年は男踏歌あり。内裏より朱雀院に参りて、次にこの院に参る。道のほど遠くて、夜明け方になりにけり。月の曇りなく澄みまさりて、薄雪すこし降れる庭のえならぬに、殿上人など、物の上手多かるころほひにて、笛の音もいとおもしろく吹きたてて、この御前はことに心づかひしたり。（初音③一五八頁）

⑤その年返りて、男踏歌せられけり。（略）。十四日の月のはなやかに曇りなきに、御前より出でて冷泉院に参る。（竹河⑤九六頁）

⑥雪のかきくらし降る日、ひねもすにながめ暮らして、世の人のすさまじきことに言ふなる十二月の月夜の曇りなくさし出でたるを、簾捲き上げて見たまへば、向かひの寺の鐘の声、枕をそばだてて、今日も暮れぬとかすかなるを聞きて、（総角⑤三三二〜三三三頁）

これらの用例では、月光が鮮明で澄んでいる様子が描写されている。④は玉鬘に求婚をする人々が玉鬘を意識しながら男踏歌を行っている様子を語り、⑤では薫と蔵人少将が男踏歌に加わり冷泉院に参上する。④と⑤の場面が類似しているのは、初音巻の男踏歌が竹河巻の男踏歌でも回想されているからであろう。⑥は薫が亡くなった大君を偲ぶ一場面。一面に雪の積もった周囲の山の姿が凍てついた岸辺の水に映って冷たく月光に煌めいている。

⑦「いと多かめる列に離れたらむ後るる雁をしひて尋ねたまふがふくつけきぞ。いと乏しきに、さやうならむもののくさはひ、見出でまほしけれど、名のりもものうき際とや思ふらん、さらにこそ聞こえね。さても、もて離れたることにはあらじ。らうがはしく、とかく紛れたまふめりしほどに、底清くすまぬ水にやどる月は、曇りなきやうのいかでかあらむ」と、ほほ笑みてのたまふ。（常夏③二二五頁）

一方⑦では逆に月にくもりがあるとされている。ここは光源氏が内大臣の娘、近江の君の噂話をする場面である。水底まで清く澄んでいない水（いやしい身分の女）に宿った月（近江の君）の光は不鮮明である。近江の君は優れていないと婉曲的に述べているのである。「曇りなきやうのいかでかあらむ」という二重否定によって、近江の君の血筋の疑わしさ、不明瞭さがより浮き彫りになっている。

⑧（源　氏）うす氷とけぬる池の鏡には世にたぐひなきかげ[19]ぞならべる
（紫の上）くもりなき池の鏡によろづ世をすむべきかげぞしるく見えける（初音③一四五頁）

⑨有明の月澄みのぼりて、水の面も曇りなきに、「これなむ橘の小島」と申して、御舟しばしさしとどめたるを見たまへば、大きやかなる岩のさまして、されたる常磐木の影しげれり。（浮舟⑥一五〇〜一五一頁）

⑧⑨は共に水面が澄んでいる様子。濁りない水面を背景に永久の愛を誓う場面である。⑧は光源氏と紫の上の幸せな将来を予見する贈答である。新編全集頭註によれば「うす氷」の歌は「六条院の新春の美景に紫の上との深い

契りを表現」したものであるという。しかし、六条院における紫の上の地位はかなり不安定なものであり、この後女三の宮降嫁によって「正妻格」としての地位を奪われていく。[20] このような六条院における紫の上の地位の脆弱さに注目したとき、夫婦の和合を詠む「うす氷とけぬる池」の深層にはある種の空虚さが認められるという指摘もある。[21] ⑨は匂宮が浮舟に橘の小島で永遠の愛情を誓う場面である。月が澄み、水面もくもりがないという背景描写は、匂宮の偽りのない愛情を象徴するものであると考えられるが、浮舟は「このうき舟ぞゆくへしられぬ」（浮舟⑥一五一頁）と不安な前途に脅えている。くもりない水面、澄んだ情景、その美しい様相がかえって不安をかきたてるという屈折した表現となっている。

自然情景だけではなく、輝くものを比喩的に表現する例もある。

⑩御装束奉りかへて西の対に渡りたまへり。更衣の御しつらひ曇りなくあざやかに見えて、よき若人、童べのなり、姿めやすくととのへて、少納言がもてなし心もとなきところなう心にくしと見たまふ。（葵②六八頁）

⑪女御の御方にも、御しつらひなどいとど改まれるころの曇りなきに、おのおのいどましく尽くしたる装ひどもあざやかに、二なし。（若菜下④一八五～一八六頁）

⑫曇りなく赤きに、山吹の花の細長は、かの西の対に奉れたまふを、上は見ぬやうにて思しあはす。（玉鬘③一三五～一三六頁）

これらの例では「しつらひ」や衣装が鮮やかな様子を描く。⑩は葵の上を亡くした光源氏が左大臣家を去り、紫の上のいる二条院に戻ってきた場面である。光源氏の留守中に衣装や調度は冬のものに一変し、光源氏の目には新鮮に見えている。⑪は女楽での明石の女御一行の新春の装い。女房各人が競うように意匠を凝らし、晴れやかさと緊張感が漂う場面である。⑫は衣配りの場面における玉鬘の明るく華やかな衣装の例であり、紫の上はその衣装から玉鬘の容姿を想像する。調度や衣装の美しい輝きが、月光などと一類として扱われていたと考えられる。

⑬「いつまた対面たまはらんとすらん。さりともかくてやは」と申したまふに、主、

「雲ちかく飛びかふ鶴もそらに見よわれは春日のくもりなき身ぞ

かつは頼まれながら、かくなりぬる人は、昔の賢き人だに、はかばかしう世にまたまじらふこと難くはべりければ、何か、都のさかひをまた見んとなむ思ひはべらぬ」などのたまふ。

（須磨②二一六頁）

⑬は須磨に流離した光源氏が、再会した頭中将と別れる場面である。「くもりなき身」と自らは潔白だといい、帰京できることを期待する一方で、やはり京に帰るのは難しいだろうと不安感を吐露している。後ろ暗いところがない、潔白である身を詠うものは「日吉とてたのむかげさへいかなればくもりなき身をてらさざるらん」（『続拾遺集』・一四四四）などもあり、これらは賀歌で詠われたように政道が公明であるという表現にもつながる。

ここまでの用例を整理すると天象に関連して、空に雲や霞、霧などがかからない状態で、空が澄み渡っている、月の光が鮮明である意が七例。（⑦は月の光が不明瞭である用例）水面に濁りがなく、澄み切っている意が二例、ここから派生した意味で調度や衣装が整って欠点がない意が三例、後ろ暗いところがない意が一例ある。調度や衣装などの色彩にも「くもりなし」の表現を用いていることから、『源氏物語』は和歌の中で詠み込まれる場合より、かなり解釈を拡大している。これらの用例を眺めてみると、『源氏物語』における「くもりなし」は明るさや透明さ、

晴れやかさや鮮やかさなどの象徴的な言葉として位置づけることができる。一方⑥の薫が亡くなった大君を偲ぶ場面では美しい風景、鮮やかな月光が薫の凄涼感を際立たせている。また、⑨の匂宮が浮舟に永久の愛情を誓う場面では、浮舟が「橘の小島の色はかはらじをこのうき舟ぞゆくへ知られぬ」（浮舟⑥一五一頁）と返歌し、不吉な運命を予感させる。くもりのない美しい風景が、かえって悲しみや不安をかきたて、物語に陰翳を与えているのである。「くもりなし」という表現には単に輝くものを強調するだけではなく、輝きとは逆のものを引き出す機構があるのではないかと考えられる。

このように、くもりのないものによって心情の「くもり」が対照的に描かれる例は『唐物語』[22]にもある。『唐物語』では王昭君の故事を引き合いにし、鏡のかげに清浄ならざる身を対照させる。[23]「この人はかゞみのかげのくもりなきをのみたのみて、ひとの心のにごれるをしらず」と人々の悪意と自らの美貌に過信しすぎた王昭君といったように、「かがみのかげのくもりなき」と「ひとの心のにごれる」という対比がなされている。『発心和歌集』の選子内親王の和歌にも「くもりなきかがみのうちぞはづかしきかがみのかげのくもりなければ」（四三）とあり、王昭君の話と選子内親王の述懐は共鳴している。⑪と⑫の調度や衣装の輝きを表現する場面でも、女房たちの緊張感や紫の上の嫉妬心がさりげなく描き込まれているように、「くもりなし」という表現は風景だけではなく、かげりのある心情につながっていく言葉としても認められるのである。

四　意識する「かげ」――『紫式部日記』から――

よろづのものの［くもりなく］白き御前に、人の様態、色あひなどさへ、けちえんにあらはれたるを見わたすに、よき墨絵に、髪どもをおほしたるやうに見ゆ。いとどものはしたなくて、かかやかしき心地すれば、昼はをさをさし出でず、のどやかにて、東の対の局より、まうのぼる人々を見れば、色ゆるされたるは、織物の唐衣、おなじ袿どもなれば、なかなかうるはしくて、心々も見えず。

（『紫式部日記』一四〇頁）

引用は中宮彰子の出産によって、調度や女房達の衣装も白で統一される様子である。全ての物が一点の汚れもなく真っ白に統一されている中でも、女房達の衣装の袖口や裾には金銀の刺繍がされ、白綾の紋には銀箔を押してある。女房たちはそれぞれに趣向を凝らし、黒髪は描き生やしたようにはっきりと見えている。紫式部は、そのような華やかな場所はきまりが悪いと、明るい昼間は中宮の御前に顔も出さず、「東の対の局」から参上する女房たちを眺めている。皆同じような白装束でも「きらきらと、そこはかと見わたされず、鏡をかけたるやうなり」（二四一頁）と煌く衣装、白一色の世界は鏡を並べたようであったと記す。趣向を凝らす女房たちが「人の心の思ひおくれぬけしきぞ、あらはに見えける」（二四一頁）と互いに内心競い合っている姿を、紫式部は一歩退いたまなざしによって克明に描写しているのである。

五日の産養の場面でも同様の構造が確認できる。

五日の夜は、殿の御産養。十五日の月くもりなくおもしろきに、池のみぎは近う、かがり火どもを木の下にともしつつ、屯食ども立てわたす。あやしきしづの男のさへづりありくけしきどもまで、色ふしに立ち顔なり。殿守が立ちわたれるけはひもおこたらず、昼のやうなるに、ここかしこの岩がくれ、木のもとごとに、うち群れてをる上達部の随身などやうの者どもさへ、おのがじし語らふべかめることは、かかる世の中の光の出でおまはしましたることを、かげにいつしかと思ひしも、および顔にこそ、そぞろにうち笑み、心地よげなるや。まして、殿のうちの人は、何ばかりの数にしもあらぬ五位どもなども、そこはかとなく腰もうちかがめて行きちがひ、いそがしげなるさまして、時にあひ顔なり。（一四二頁）

道長家の栄華の絶頂に居合わせた、栄華の余波を味わえるかもしれないという期待感を抱く人々の姿が、昼間のように明るく照らす光や火によって浮かび上がる。権力者に擦り寄る人々が、その力を自分のことのように錯覚している。栄華の恩恵を受けられるかもしれないと、ひとりよがりな人々の姿を見据える紫式部の視線は厳しい。「あやしきしづの男のさへづりありくけしきども」と記すところにアイロニーが感じられ、紫式部と人々には心的な距離があると考えられる。加えて「五位ども」という表記にも注目したい。[24]「五位ども」と貶める階級こそ紫式部の出身階級であり、父為時の越前守就任は道長の栄達に拠るものであった。紫式部自身の特別待遇も道長によって与えられたものでもある。自らと同じ立場にある彼らに嫌悪感を抱き、突き放した物言いによって遠ざけてしまうのは、彼らと変わらない、むしろそれ以上の待遇を受ける境遇に違和感を抱きつつも、現状に甘んじる自らを批判しているこのとに他ならない。鏡像としての彼らに自らを映し見ているのである。

紫式部は庭上にいるこの人々を渡殿から観察していたことが、『紫式部集』[25]から知られる。

宮の御産屋、五日の夜、月の光さへことに澄みたる水の上の橋に、上達部、殿よりはじめたてまつりて、酔ひ乱れののしりたまふ。盃のをりにさしいづ

めづらしき光さしそふさかづきはもちながらこそ千代もめぐらめ（一四三頁）

同じ五日の夜、「水の上の橋」にいる上達部や道長に盃を差し出したという詞書は、紫式部もまたこの場にいたことを示している。権力者の近くにいるからこそ、そこに馴染めない自分を痛切に感じたに違いない。「光さしそふ」は「世の中の光」と呼応する若宮の比喩表現であり、「月くもりなく」という表現もまた生まれた皇子の婉曲的な表現と認めておいてよかろう。

翌十六日の記述にも「またの日、月いとおもしろく」とあるが、『紫式部集』にも同日の記録がある。

またの夜、月のくまなきに、若人たち舟に乗りて遊ぶを見やる。中島の松の根にさしめぐるほど、をかしく見ゆれば

曇りなく千歳にすめる水の面に宿れる月の影ものどけし　（一四四頁）

「曇りなく」と濁りなく澄みきった池の面は道長の栄華であり、その水面に映っている月は若宮をさしていると見られる。この表現は、前述した⑦で近江の君の出自の疑わしさを「底清くすまぬ水にやどる月」と述べたものと対照的である。「月の描写は無意識ではなく、晴れやかさの賛美を意図しており、日記の記述に効果的に挿入している」と指摘されるように、(26) 道長家繁栄をくもりない月の描写によって暗示している。特に、この場面は「十五日の月くもりなく」と望月である。「この世をばわが世とぞ思ふ望月の欠けたることもなしと思へば」の詠歌はあまりに有名であるが、望月に清新な光（若宮）が加わったことで、栄華の頂点に立ったことを印象付けているのである。「月くもりなく」「かがり火どもを木の下にともしつつ」「世の中の光」と重層する光に、「きらきらと見えわたる」

白い衣装は反射して輝きを増したであろう。若宮を得た道長家はまさに光源ともいうべき、権力の集積する場であった。

一方で、光に満ち溢れるこの場面に「木の下」「岩がくれ」「木のもと」とかげりが繰り返し記されていることも示唆的である。「かげにいつしかと思ひしも」と随身がひそかに思っていたことを、わざわざ「かげ」と表現するのも、「光」と対応させているからである。くもりのない光に必然的に伴う闇の部分である「かげ」を紫式部は常に意識していたのではないだろうか。『紫式部集』に収められた「曇りなく」の歌から、紫式部に永遠に続く道長家の栄華を言祝ぐ意識があったことは明らかである。にもかかわらずこの歌を日記に記していないところに、紫式部の屈折した思いが読み取れる。『紫式部日記』は道長の繁栄を讃嘆し共鳴しながら、宮仕えにおける自己の苦悩を露呈するという二重構造をとる。[27] 三田村雅子氏は池の〈鏡〉に関する言及の中で、〈影〉とは「そのまばゆい〈光〉によって追放・排除されるものへの共感という紫式部の思考のありかたの外化されたモデル」であると説く。[28] 溢れる光によって生じる陰翳にこそ紫式部の関心はある。くもりがないからこそ余計に「かげ」は黒々と生きるのである。

前掲した例の多くに見られたように、「くもりなし」という語の多くは鏡と関連していることに気付かされる。日記の中で女房の白装束が銀扇と反射し、鏡を並べたようだと記されていたように、きらきらと輝く様子が鏡を連想させるのである。⑧の初音巻で紫の上の詠歌「くもりなき池の鏡によろづ世をすむべきかげぞしるく見えける」では、くもりなき―鏡―かげと結び、鏡のような池の面に自身の「かげ」を映す。高橋亨氏は『紫式部日記』の池もまた「水面はちりぢりに揺れる存在の鏡（影見）」であると述べられる。[29] 『紫式部集』には土御門邸の水面に自らの姿を映し見てつらい身の上を自覚する「影見てもうきわが涙おちそひてかごとがましき滝の音かな」（六一）という詠歌もある。くもりのない月、水面（鏡）に映る完璧なまでの道長の栄華、その豊穣な光によって生じる「かげ」に、抱え込まれた自己の本質を見たのではあるまいか。

五 「くもりなき庭」の意味するもの

⑭地下の人は、まして、帝、春宮の御才かしこくすぐれておはします、かかる方にやむごとなき人多くものしたまふころなるに、恥づかしく、はるばるとくもりなき庭に立ち出づるほどはしたなくて、やすきことなれど苦しげなり。
（花宴①三五三〜三五四頁）

桜の花の宴当日は「日いとよく晴れて」（花宴①三五三頁）と晴天であった。日の光が南庭の白砂に反射して、鏡のようにきらきらと輝いていたことだろう。[30]「くもりなき池の鏡」との連鎖構造をここにみることができる。本場面は一般的に一点のくもりもなく空が晴れている意と、帝の御前というハレの場の意をかけていると解されている。[31]二つの意をかけることから歌語としての側面が強い表現でもある。前述したように、「くもりなし」が直接「庭」を修飾する例は珍しく、『日本国語大辞典』[32]ではこの「くもりなき庭」の解釈を視界がはっきりしている意と捉えている。これは、空が晴れている意を解したもので「庭」を解釈したものではない。

この宴が桐壺帝を代表する華やかな宴であったことを鑑みれば、「くもりなき庭」によって単に光り輝く情景を浮き彫りにするだけではなく、頌歌のように日の光―白砂（鏡）―桐壺帝の威光と結ぶことで、桐壺聖代を言祝ぐ意味合いを強く滲ませていると考えられる。『源氏物語』に登場する四代の帝のうち、桐壺帝主催の最後の桜の花の宴で、この「くもりなき庭」という表現が用いられるのは、桐壺帝の煌めくような聖性を表象しているからである。と同時に、まもなく終焉を迎える桐壺聖代にかげりがみえ、朱雀帝に政治情勢が移りつつあることを示唆している。花宴巻冒頭で「弘徽殿女御、中宮のかくておはするををりふしごとに安からず思せど」（花宴①三五三頁）と藤壺が中宮に冊立されたことで、弘徽殿女御は「をりふしごとに」その悔しさを滲ませる。華やかな桜の宴の中に弘徽殿女御の憎しみが「かげ」となって浮刻されている。桜の花の宴には桐壺聖代を強調しながらも、「くもりなし」という表現の周辺にあるかげりが取り込まれているのである。

そして、この場面に浮刻されているもう一つの「かげ」を見逃すことが出来ない。この「くもりなき庭」は桜の花の宴での描写であるが、桜は禁忌の恋と関わるものであった[33]。桜の花の宴は朧月夜との禁忌の恋の発端に置かれている。朧月夜との関係が藤壺との恋の代替であったことと結び合わせれば、やがて訪れる須磨流離は藤壺との密事の罪をも背負う、二重の禁忌の恋に根差したものであったことにほかならない。この桜の花の宴の描写が「おほかたに花の姿を見ましかば露も心のおかれましやは」（花宴①三五五頁）と藤壺が心のうちでひそかに詠んだ、光源氏を慕う歌で結ばれているのも、光源氏と藤壺の運命を覆うかげりがくもりのない桐壺聖代の近くに潜んでいることを予感させる。桜の花の宴には幾重ものかげりが潜んでいる。まさに聖性とかげりという、相反する意味を響かせる両義的言葉としてここにあらわれているのである。

註

（1）『和歌大辞典』（明治書院、一九八六年）「歌語」一六四頁。

（2）鈴木日出男「『源氏物語』の和歌的方法」（『古代和歌史論』東京大学出版会、一九九〇年）。

（3）鈴木一雄「歌語」（秋山虔編『源氏物語必携Ⅱ』学燈社、一九八六年五月）。
（4）池田亀鑑『源氏物語大成』一（中央公論社、一九五三年）。
（5）近年では飯島本や大沢本など別本系統の本文の発見が相次いだ。これを機に写本研究に新たな道筋が拓かれるだろう。図録『幻の写本大澤本源氏物語』（宇治市源氏物語ミュージアム、二〇〇九年十月）参照。
（6）以下、和歌の引用はおおむね『新編国歌大観』（角川書店）に拠ったが、一部表記について私に改めた箇所もある。
（7）『夜の寝覚』には「くもりなさ」の例がある。『栄花物語』「はつはな」の『紫式部日記』重複部分にも「くもりなし」の例があり、全体では十八例の用例があるが、作者及び成立年代が未だ不明であるため、本章では『源氏物語』と同時期の作とは見ていない。
（8）桜の花の宴だけではなく、紅葉賀巻の紅葉の宴も花宴巻、藤裏葉巻、若菜上巻と回想され、紅葉の宴、桜の花の宴が共に桐壺の御代を代表する宴であったことが分かる。
（9）久保田淳・馬場あき子編『歌ことば歌枕大辞典』（角川書店、一九九九年）。
（10）『日本古典文学大辞典』第一巻（岩波書店、一九八三年）。
（11）雑歌などに区分されているものでも内容的に御代を言祝ぐものは賀歌として扱っている。
（12）三田村雅子「源氏物語　天皇になれなかった皇子のものがたり」（『芸術新潮』二〇〇八年二月）によると、源氏学も鎌倉末期の混乱期に展開し、特に後醍醐天皇が積極的であったという。
（13）村尾誠一「理世撫民体考─藤原定家との関わりについて─」（『国語と国文学』一九八六年八月）参照。
（14）引用は新編全集『新古今和歌集』による。
（15）引用は新編全集『古今和歌集』による。
（16）渡辺秀夫「和漢比較のなかの古今集両序─和歌勅撰の思想─」（『国語国文』二〇〇〇年十一月）参照。『古今集』仮名序は、後世に明確化される和歌中心主義を早くも根拠付ける言説となっているという。

(17) 後嵯峨天皇は和歌だけではなく、漢詩や物語など文化的なものによって王政復古を演出する。三田村雅子『記憶の中の源氏物語』(新潮社、二〇〇八年) 参照。
(18) 註(12)に同じ。三田村雅子前掲論文参照。
(19) 河内本には「世にくもりなき」とある。
(20) 紫の上は婚姻の経緯から通説では「正妻格」とされている。玉上琢弥は紫の上の呼称が「上」から「対の上」に変化したことについて、紫の上の妻としての地位が変動したためであると説いた。近年では、高木和子「結婚―光源氏と紫上の関係の独自性」(『源氏物語研究集成』第十一集、風間書房、二〇〇二年) には正妻にも妾妻にも決定されえない境界的位相に紫の上は位置づけられるという指摘がある。一方で、胡潔『平安貴族の婚姻慣習と源氏物語』(風間書房、二〇〇一年) では寝殿は必ずしも正妻が住むところではないと説く。正妻の紫の上の呼称「上」と「対の上」の相違は、語り手の視点によって変化するものであり、紫の上の地位の変動を示すものではないという新たな見解が提示された。私見では紫の上の結婚の経緯を鑑み、通説の「正妻格」を支持する。
(21) 胡秀敏「紫上の運命と明石の君―「初音」巻を中心に―」(『詞林』一九九二年四月)。李美淑「二条院の池―光源氏と紫の上の物語を映し出す風景―」(『中古文学』二〇〇二年十一月) も併せて参照。鏡をめぐる源氏と紫の上の関係性に関しては、堀淳一「鏡に見ゆる影―光源氏と紫上の人物造型と「百錬鏡」」(『文芸研究』一九九二年一月)、葛綿正一「鏡をめぐって」(『源氏物語のテマティスム―語りと主題』(笠間書院、一九九八年)、小林正明「鏡を微分する女―紫上論」(『解釈と鑑賞』至文堂、二〇〇四年八月)、三村友希「鏡を見ない紫の上／鏡を見る大君―『源氏物語』を映す」(物語研究会編『「記憶」の創生』翰林書房、二〇一二年) など参照。
(22) 小林保治　全訳注『唐物語』(講談社、二〇〇三年) では「心」のさまに焦点を合わせていく叙述が『唐物語』の基調の一つであると指摘する。
(23) 田中幹子「漢詩・朗詠の伝承と王昭君説話―「みるからに鏡の影のつらきかな」歌の背景と変遷―」(講座日本の伝承文学2『韻文文学〈歌〉の世界』三弥井書店、一九九五年。後に『和漢・新撰朗詠集の素材研究』(和泉書院、二〇〇八年）所収）では王昭君の代表的和歌として伝承され、『唐物語』に取り込まれている「みるからに鏡の影のつらきかなかからざりせればかからましやは」の歌の背景について論じる。また、三村友希「鏡の中の大君―結ばれぬ理由と王昭君伝承」（三田村雅子編『源氏物語のことばと身体』青簡舎、二〇一〇年）では鏡にまつわる王昭君伝承と大君の関係性を論じる。

(24) 石阪晶子「「群れ」の揺曳―紫式部日記における複数表現―」（『物語研究』二〇〇四年三月）にも同様の指摘がある。

(25) 引用は新潮集成『紫式部日記　紫式部集』による。

(26) 伊井春樹「『紫式部日記』の表現方法」（南波浩編『紫式部の方法―源氏物語・紫式部集・紫式部日記―』笠間書院、二〇〇二年）八六頁。

(27) 鈴木日出男「『紫式部日記』の表現の一面」（『日本文学』一九七二年十月）。

(28) 三田村雅子「紫式部日記の〈光〉と〈闇〉―闇の底へ―」（『源氏物語　感覚の論理』有精堂出版、一九九六年）四二五頁。「池の鏡」には道長の栄華の完璧性を称える側面と紫式部の存在のありようを映す二重性があることを指摘する。

(29) 高橋亨「紫式部、自己省察の文体」（『国文学』一九七八年七月）八五頁。

(30) 白砂は太陽や月・星の光を反射させて採光したり、防犯のために敷かれていた。近年では増田繁夫「自然と人間」（『源氏物語の人々の思想・倫理』和泉書院、二〇一〇年）の中で白砂についての言及がある。

(31) 萩原廣道『源氏物語評譯』には「はるばるとは廣き形容をいへる辭なり。くもりなき庭は、上に日いとよく晴れてとあるをうけて、且あきらけき君の御前なる由をよせたり云云」とある。新編全集『源氏物語』①三五四頁頭註、『源氏物語の鑑賞と基礎知識　紅葉賀・花宴』（至文堂、二〇〇二年四月）一五九頁もこの解釈をとる。

(32) 『日本国語大辞典』第二版、第四巻（小学館、二〇〇一年）。

(33) 原岡文子「『源氏物語』の「桜」考」（『物語研究』新時代社、一九八八年。後に『源氏物語の人物と表現　その両義的展開』（翰林書房、二〇〇三年）所収）、原岡文子『『源氏物語』に仕掛けられた謎―「若紫」からのメッセージ―』（角川学芸出版、二〇〇八年）。

2 男踏歌をめぐって——儀式における足踏み——

『年中行事絵巻』に大饗の場面が収められているように、寝殿の南庭を儀式空間として利用するのは九世紀末頃から始まったといわれる大饗と深い関係がある。(1)『九條殿御記』の天慶八年（九四五）正月五日、右大臣実頼が小野宮で催した大饗には池の中島に史生座の幄が二宇設けられており、(2)南庭と池という儀式を行う環境が大饗開始の頃には既に整っていたと認められる。(3)

『源氏物語』にも儀式の「には（庭）」の描写は多く、紅葉賀の試楽は清涼殿の前庭で、桜の花の宴は紫宸殿南庭で執り行われた。(4)本章で問題とする男踏歌も「月の曇りなく澄みまさりて、薄雪すこし降れる庭のえならぬに」（初音③一五八頁）と初音巻にその情景が記され、「庭」という場での儀式を中心とする。踏歌とは足で地を踏みながら舞い、謡う集団舞踏である。能や狂言、神楽などの芸能にみられる反閇という足使いと、踏歌の地を踏む所作はどこか通じるものがある。反閇には足で土地の精霊を踏み鎮める役割があるとされるが、実際には大地の精霊とのつながりを確保するという意味が含まれているらしい。(5)神事の場である「には」で大地を踏みしめることは地を踏むという行為に神と通じる強い力があることを示しているといえないだろうか。それは神だけではなく、人の深層にも働きかける力をも持っていると考えられるのである。本章では踏歌の起源や歴史を辿りつつ、儀式における足踏みから物語における庭の聖性を探っていく。

一　男踏歌とは何か

本章で問題とする男踏歌とは宇多朝から円融朝にみられる宮廷儀礼である。そもそも踏歌の起源は中国唐代に遡る。(6)

朝野僉載云。唐先天二年正月十五日。十六日。夜不閇城門。於京安福門外作燈。高廿丈。衣以錦繡。飾以金銀。望之如花樹。宮妓千餘。衣羅綺曳錦繡。輝珠翠施香粉。妙簡長安万年少女婦千餘人。於燈下踏歌。三日三夜。歡楽之極。未始有也。

『年中行事抄』(7)所引『朝野僉載』によると踏歌は正月の行事として、正月十五日の夜から三日三晩、男女の区別無く行う集団舞踏であった。中国での踏歌は農作物の豊穣や帝都の繁栄を祈るものであったという。(8)日本における踏歌の最も古い記述の一つは「天武天皇三年正月拜朝大極殿。詔男女無別。闇夜有踏歌事」(9)であろうか。これによると、やはり日本でも当初、踏歌には男女の区別が無かったようである。この後、持統紀七年（六九三）に「漢人等、踏歌を奏る」（『日本書紀』③五三五頁）、同八年（六九四）に「辛丑に、漢人、踏歌を奏る。五位より以上、射す。壬寅に、六位より以下、射す。四日にして畢りぬ。癸卯に、唐人、踏歌を奏る」（『日本書紀』③五四三頁）とあり、漢人・唐人主体で踏歌が行われている。宮廷儀礼として踏歌が取り入れられているのは聖武天皇の頃で、『続日本紀』[10]天平二年（七三〇）の正月十六日の条に「天皇御大安殿宴五位巳上。晩頭。移幸皇后宮。百官主典巳上陪従踏歌。且奏且行」、同十四年（七四二）正月十六日の条には「天皇御大安殿。宴群臣。酒酣奏五節田舞。訖更令少年童女踏歌」とあるように宮廷賜宴の記事が頻出する。

踏歌という異文化の受容は日本古来の風習である歌垣という男女が歌を掛け合う文化と密接な関係にある。歌垣は歌舞の他に共同飲食や性的解放を伴うものもあり、『万葉集』[11]には「鷲の住む　筑波の山の　裳羽服津の　その津の上に　率ひて　未通女壮士の　行き集ひ　かがふ嬥歌に　人妻に　吾も交らむ　わが妻に　他も言問へ　この山を　領く神の　昔より　禁めぬ行事ぞ　今日のみは　めぐしもな見そ　言も咎むな」（一七五九）とある。この一七五九番歌には既婚者も参加しているが、未婚者にとっては妻選びの場にもなった。奈良時代になると踏歌と歌垣は融合し、『続日本紀』天平六年（七三四）二月の条によれば「天皇御朱雀門覧歌垣。男女二百卌餘人。五品巳上有風流者皆交雑其中。正四位下長田王。従四位下栗栖王。門部王。従五位下野中王等爲頭。以本末唱和。爲難破曲。倭部曲。浅茅原曲。廣瀬曲。八裳刺曲之音。令都中士女縦観。極歡而罷」と歌垣は芸能化し、宮廷行事となっている。在来の歌垣が踏歌を経由して宮廷行事として制度化されてゆくと指摘されるように[12]、踏歌という異文化は、歌垣という素地が日本にあったことによって定着していったものと考えられる[13]。

平安期では男踏歌は正月十四日、女踏歌は正月十六日に行われるようになる。男女の踏歌がいつ頃から区別されるようになったのかは不明であるが、前述した天平十四年の記事に「訖更令少年童女踏歌」とあることから、早くとも八世紀の半ば以降であろう[14]。『令義解』[15]「雑令」諸節日條には「凡正月一日。七日。十六日。三月三日。五月五日。七月七日。十一月大嘗日。皆爲節日」とあり、十六日の女踏歌が節会と認められていたことが分かる。

それでは節会と見なされない男踏歌はどのような経緯を辿っているのか。『年中行事抄』「男踏歌事」は次のように述べている。

廣相卿傳云。仁和五年。蒙勅造撰踏歌記一巻。件記仁壽以後四代。中絶不行。今年尋承和舊風始行之。

『年中行事抄』所引の『踏歌記』によると、文徳・清和・陽成・光孝の四朝において中絶していた男踏歌が仁和五年（八八九）に再開されている。また同箇所にある「仁和五年正月十四日踏歌記云。議者多稱。踏歌者新年之祝詞。累代之遺美也。宜依承和故實。以作毎歳長規」からは新年の慶祝行事、御代の繁栄の意義を男踏歌は担っていることが確認できる。仁和五年は寛平と年号が改められた年でもあり、国風文化の隆盛という時代背景の中で、承和時代の旧風に目が向けられ宇多天皇によって男踏歌が復興されたとみられる。(16)

踏歌は何度か復興と中絶を繰り返してきたらしい。『内裏式』(17)「十六日踏歌式」の条の割注には「延暦以往。踏歌訖縫殿寮賜榛揩衣。群臣着揩衣踏歌。訖共跪庭中賜酒一杯綿十屯。即夕令近臣絲引。至于大同年中此節停廢。弘仁年中更中興。但絲引榛揩群臣踏歌竝停之」とある。これによると踏歌は大同年間に廃絶、弘仁年間に復興している。ただし、「絲引榛揩群臣踏歌竝停之」とあることから、嵯峨朝に復興した踏歌は女踏歌であったと指摘されている。(18)これらの資料から、大同年間、つまり平安初期の平城朝に中絶していた踏歌は嵯峨朝で女踏歌を中心にまず復興し、踏歌の定着してきた承和年間、仁明朝には既に復興していたらしい男踏歌は文徳・清和・陽成・光孝の四朝では中絶され、宇多朝になって再度復興したという経過を辿ったようである。

最後の男踏歌についての記述は『河海抄』(19)初音巻の男踏歌の項、「踏哥濫觴　注付末摘花巻了」の中で提示されている。

円融院天元六年正月十四日有男踏歌太政大臣藤原頼忠公承香殿東庭左大臣源雅信公桂芳坊右大臣藤原兼家公藤壺大納言藤原為光卿神鳴壺権大納言藤原朝光卿梨壺各差上首有踏哥今度以後男踏歌絶而無之

しかし、天元六年（九八三）の男踏歌の実施は他の文献では全く確認できない。このため山中裕「源氏物語の成立年代」[20]は、『小記目録』[21]に記されている「天元二年正月六日、男踏歌試楽事、同月十四日、男踏歌事」という記事を根拠に、天元二年（九七九）が最後の男踏歌実施と捉えている。『日本紀略』[22]には天元五年（九八二）十一月十七日の条に内裏が焼失した記事が見えるため、『河海抄』が提示している天元六年の男踏歌の実施は不可能であった公算が高い。[23]一方で、天元六年は永観と年号が改められた年であり、円融朝の最後に男踏歌が実施されたとしても不自然ではない。[24]いずれにしても、『源氏物語』執筆以前に男踏歌が廃絶していたという事実は重く考えなければならない。

踏歌のしばしばの断絶は踏歌禁止令からもうかがうことができる。『類聚三代格』[25]巻十九、禁制事では、天平神護二年（七六六）正月十四日、「太政官符」によって「禁断両京畿内踏歌事」が発せられ、畿内での踏歌が禁止されている。正月十四日という日付に着目すれば、禁止された踏歌が男踏歌と分かる。『年中行事抄』が記しているように、もともと踏歌は当初、男女の区別なく行なわれていた宮廷儀礼であった。その宮廷儀礼が禁制事とされるには相当の理由があったと考えられる。『延喜式』[26]巻四十一にも「凡京都踏歌。一切禁断」とあるように、「両京畿内」「京都」と地域を限定して踏歌が禁止されている。都市部において踏歌が禁止される背景には踏歌が公序良俗を乱す、歌垣的な求愛の側面をもっていたからである。[27]

男踏歌は清涼殿東庭で、女踏歌は紫宸殿南庭で[28]行われたが、両者の最大の違いは男踏歌が宮廷外に出て行くことである。男踏歌については既に幅広い検討がなされているが、多くは男踏歌が宮廷外に出ていくことに注目している[29]。男踏歌は内裏を出て所々に赴き、水駅に立ち寄る。『西宮記』には水駅の用例がないが、『花鳥余情』[30]所引『李部王記』の逸文には「延長七年正月踏哥人踏歌西行東行又西行列立袋持取綿詞吹了還入更入置御前此度水駅也唯進湯漬又用様器」などとあり、一行を饗応する場であったことが分かる。『源氏物語』には水駅の用例が四例あり、男踏歌を考察する上で重要な資料となっている。男踏歌の舞人の集団が宮廷外で喧騒し、歌垣のような猥雑行為をするようになったことで、禁止令による統制が必要となったのであろう。都市の広域に及んだ儀礼は次第にその舞台を限定された空間、宮廷内へと狭めていったのである。

『源氏物語』に描かれている行事が延喜天暦から寛弘までの正確な見聞に準拠していることを踏まえれば[31]、『源氏物語』の時代設定は二重構造になっていることになる。武者小路辰子「若菜巻の賀宴」の「源氏物語はその日記的行事記述の実録性から、真実性をくみあげ、虚構の人物形象をつきつめ、おいつめ、客体化した世界の歴史性を把握しつづけることをやめなかった」という指摘を受けるとき[32]、『源氏物語』は男踏歌という行事が担う歴史的な意味、その記憶を物語に再生させようとする企図を強く働かせていると考えられる。

二　『源氏物語』と男踏歌――水駅の視点から――

『源氏物語』が誕生した一条朝では男踏歌は存在していなかった。当時、節会として存在していたのは女踏歌だけである[33]。現実には廃絶していた男踏歌を繰り返し描くことによって、『源氏物語』は何を表そうとしたのだろうか。物語の中で男踏歌という横糸をつないでいくと、そこには玉鬘という縦糸がたびたび立ち現れることに気付かされる。[34]『源氏物語』の男踏歌が玉鬘という人物と結ばれることの意味をしばらく辿り見る。

『源氏物語』に踏歌、男踏歌の語は九例ある。このうち踏歌が男踏歌を示す例を含めると男踏歌の用例は七例に及ぶ。残り二例は男踏歌か女踏歌の判断がつかないが、『源氏物語』が当時廃絶されていた男踏歌を重視していたのは間違いない。『源氏物語』には末摘花・初音・真木柱・竹河巻と四度の男踏歌が描かれている。宇多天皇によって復興した男踏歌は『年中行事抄』で「以作毎歳長規」と記されているが、実際には毎年の行事ではなかったらしい。[35]『源氏物語』でも「今年、男踏歌あるべければ」（末摘花①三〇三頁）、「今年は男踏歌あり」（初音③一五八頁）とあるように臨時的な行事であった。[36]

末摘花巻は男踏歌の実施記載だけであるが、その他の男踏歌は全て詳細な記述を伴っている。初音巻の六条院で行われた男踏歌は真木柱、竹河両巻でそれぞれ想起されており、男踏歌は初音巻／真木柱巻、初音巻／竹河巻とほぼ対照的に語られている。[37]

朱雀院の后の宮の御方などめぐりけるほどに、夜もやうやう明けゆけば、水駅にて事そがせたまふべきを、例あることよりほかに、さまことに事加へていみじくもてはやさせたまふ。影すさまじき暁月夜に、雪はやうやう降り積む。松風木高く吹きおろし、ものすさまじくもありぬべきほどに、青色の萎えばめるに、白襲の色あひ、何の飾りかは見ゆる。かざしの綿は、にほひもなき物なれど、所からにやおもしろく、心ゆき命延ぶるほどなり。殿の中将の君、内の大殿の君たち、そこらにすぐれて、めやすく華やかなり。ほのぼのと明けゆくに、雪やや散りてそぞろ寒きに、竹河うたひてかよれる姿、なつかしき声々の、絵にも描きとどめがたからんこそ口惜しけれ。御方々、いづれもいづれも劣らぬ袖口ども、こぼれ出でたるこちたさ、物の色あひなども、曙の空に春の錦たち出でにける霞の中かと見わたさる。あやしく心ゆく見物にぞありける。さるは、高巾子の世離れたるさま、寿詞の乱りがはしき、をこめきたる言もことごとしくとりなしたる、なかなか何ばかりのおもしろかるべき拍子も聞こえぬものを。例の綿かづきわたりてまかでぬ。

（初音③一五八～一六〇頁）

夜明け方近くに六条院に到着した男踏歌の一行を光源氏はしきたり以上に歓待する。『花鳥余情』によると水駅では酒や湯漬けを、飯駅では正餐を出すことになっている。史実に照らし合わせると、水駅や飯駅でもてなしをするのは女御や中宮、左右大臣などであり、経済的に負担ができる権力者が男踏歌一行を歓待していたことが分かる。光源氏もまた「例あることよりほかに、さまことに事加へていみじくもてはやさせたまふ」と規定以上のもてなしを行い、権力を誇示している。この場面の直後には「万春楽、御口ずさみにのたまひて」（初音③一六〇頁）と源氏が「万春楽」(38)を口ずさんでいるが、「万春楽」は踏歌の際に奏される祝詞で、引用箇所にも「寿詞の乱りがはしき」とある。「万春楽」の詞は御代を言祝ぐものであり、催馬楽とともに男踏歌で謡われた(39)。宮廷における踏歌が御代の繁栄を言祝ぐものであったとすれば、初音巻のそれは六条院落成後の初めての新年において光源氏世界の栄華を言祝ぐための男踏歌であったといえる(40)。

内裏から朱雀院、そして六条院と巡ってきた男踏歌一行にとって、「所からにやおもしろく」と六条院の風情は格別で「あやしく心ゆく見物」であった。この場面で見過ごせない点が、源氏の夫人たちや「西の対の姫君」である玉鬘がこの男踏歌を見物していることである。玉鬘巻で六条院に引き取られた玉鬘が日常生活を送っていたのは、ひっそりと静かな夏の町の西の対であったが、男踏歌の見物によせて春の町に渡り、紫の上や明石の姫君と対面する。この男踏歌は六条院内部の人々に玉鬘を披露する場であり、同時に外部の世間にも玉鬘の存在を知らしめる。(41)早春の雪が舞い散るなか、「御方々、いづれもいづれも劣らぬ袖口ども、こぼれ出でたるこちたさ、物の色あひなども、曙の空に春の錦たち出でにける霞の中かと見わたさる」と御簾の下からこぼれ出る色艶やかな打出は春の錦と強調され、雪の白さと鮮やかな打出の幻想的なコントラストはまさに「霞の中」の仙境の風景であるといわれる。(42)そうした幻想的な美しい光景の内側に新しく迎え入れられた玉鬘の存在を男踏歌の舞人たちは強く意識したことだろう。「竹河うたひてかよれる姿」と記される催馬楽「竹河」とは男踏歌の歌曲であり、結婚の成就を願う求愛の歌であった。年頃の姫君である玉鬘の前で謡う「竹河」の歌詞は、まるで舞人たちの心中を告白するかのような内容なのである。

そして、再び催される男踏歌はこの六条院での男踏歌と連関している。

ほのぼのとをかしき朝ぼらけに、いたく酔ひ乱れたるさまして、竹河うたひけるほどを見れば、内の大殿の君達は四五人ばかり、殿上人の中に声すぐれ、容貌きよげにてうちつづきたまへる、いとめでたし。童なる八郎君はむかひ腹にて、いみじうかしづきたまふが、いとうつくしうて、大将殿の太郎君と立ち並びたるを、尚侍の君も他人と見たまはねば、御目とまりけり。やむごとなくまじらひ馴れたまへる御方々よりも、この御局の袖口、おほかたのけはひいまめかしう、同じものの色あひ重なりなれど、ものよりことにはなやかなり。正身も女房たちも、かやうに御心やりてしばしは過ぐいたまはましと思ひあへり。みな同じごとかづけわたす綿のさまも、にほひことにらうらうじうしないたまひて、こなたは水駅なりけれど、けはひにぎははしく、人々心げさうしそして、限りある御饗応などのことどももしたるさま、ことに用意ありてなむ大将殿せさせたまへりける。

（真木柱③三八二〜三八三頁）

真木柱巻では光源氏からの要請によって六条院が男踏歌のコースから外れている。「六条院には、このたびはところせしと省きたまふ」（真木柱③三八二頁）と敢えて言及されていることで初音巻を強く意識していると見られ、初音巻と真木柱巻の男踏歌の描写は催馬楽「竹河」や打出への言及など類似点が多いことにも特徴がある。

光源氏の養女として尚侍となった玉鬘の局で行われた水駅の後見人は髭黒である。真木柱巻は唐突に玉鬘が髭黒の手中に落ちたことから語られる。思いがけない相手と結ばれたことで塞ぎ込んでしまった玉鬘も、宮中での華やかな儀式に「正身も女房たちも、かやうに御心やりてしばしは過ぐいたまはましと思ひあへり」と久しぶりに晴れ晴れとした気分で過ごしている。実父の内大臣、養父の光源氏と二人の実力者を父に持つ玉鬘は后妃を凌ぐ華やかな立場にあり、夫である髭黒も春宮の外戚として次世代の有力者としての立場にいる。光源氏の力を借りない水駅での歓待は台頭してきた髭黒家の勢力を示唆するものである。(43) この時点での光源氏の栄華は盤石ではあるが、藤裏葉巻で准太上天皇となった後に、光源氏世界の綻びが描かれていることを勘案すれば、既に物語は次の段階に目を向けており、水駅の移動によって勢力図の塗り替えが起こりつつあることを暗示する。

水駅の残す二例は竹河巻にある。冷泉院で行われた男踏歌では「故六条院の、踏歌の朝に女方にて遊びせられける、いとおもしろかりきと、右大臣の語られし」（竹河⑤九九頁）と再び六条院での男踏歌が想起されている。玉鬘の大君が既に冷泉院に参院していることを合わせ見れば、男踏歌の実施記載だけがある末摘花巻を除く、全ての男踏歌をめぐる叙述は玉鬘とその周辺人物たちを包括的に描いているといえる。なかでも竹河巻に描かれる水駅の語は、催馬楽「竹河」から引き出される形で男踏歌そのものとは直接関わらない場面にある。

少将も、声いとおもしろうて、「さき草」うたふ。さかしら心つきてうち過ぐしたる人もまじらねば、おのづからかたみにもよほされて遊びたまふに、主の侍従は、故大臣に似たてまつりたまへるにや、かやうの方は後れて、盃をのみすすむれば、「寿詞をだにせんや」と辱められて、竹河を同じ声に出だして、まだ若けれどをかしううたふ。簾の内より土器さし出づ。「酔ひのすすみては、忍ぶることもつつまれず、ひが事するわざとこそ聞きはべれ。いかにもてないたまふぞ」ととみにうけひかず。小袿重なりたる細長の人香なつかしう染みたるを、とりあへたるままにかづけたまふ。「何ぞもぞ」などさうどきて、侍従は主の君にうちかづけて去ぬ。ひきとどめてかづくれど、「水駅」にて夜更けにけり」とて逃げにけり。

（竹河⑤七二頁）

蔵人少将の謡う「さき草」は催馬楽「この殿」の一節であり、「竹河」と同じく男踏歌の歌曲であった。正月下旬の玉鬘邸での小宴は「寿詞をだにせんや」と男踏歌にことよせた趣向で、引用の水駅はこの殿―竹河―男踏歌―水駅という言葉の連想の中から浮上してきている。「擬男踏歌」とも称される当該箇所は[44]、男踏歌と水駅が同時に描かれないことで、これまでの構図に歪みが生じたかのように玉鬘が権力の周縁に置かれたことを次第に浮き彫りにしていく。玉鬘の大君が参院し、皇子が誕生した冷泉院もまた現在の栄華からははるか遠い距離にあり、皇子誕生がもはや玉鬘の権力の礎になるわけでもない。逆に、大君の冷泉院参院は今上帝の不興を蒙ることとなり、玉鬘は苦境に立たされてしまう。水駅の語彙分布を見ると、どうやら『源氏物語』は玉鬘にまつわる人物の栄華や衰退を男踏歌と絡めて描いていると推測できる。玉鬘は権力の在り方と一対になる存在なのである[45]。

三　玉鬘と男踏歌——歌垣的視座から——

それにしても玉鬘と男踏歌はなぜこれほど関連が深いのか。それには、玉鬘が『源氏物語』に登場してきた意味から考えなければなるまい。夕顔の遺児、玉鬘は六条院に出入りする好色者たちを惑わすための〈種《くさはひ》〉として、光源氏によって六条院に迎えられた。光源氏もまた玉鬘に恋慕する一人となったことはいうまでもないが、光源氏の思惑通り、実の兄弟たちまでもが懸想心を抱くほど玉鬘には多くの求婚者がいた。初音巻は行方知れずとなっていた玉鬘の紹介と現況を述べた後、玉鬘物語が本格的に始動する箇所にあたり、真木柱巻は数々の求婚者の中で可能性が最も低いと見られていた髭黒と思いがけず結婚した玉鬘を描き、ひとまず玉鬘物語が収束する巻である。「多くの求婚者達に求婚される玉鬘」という構図が玉鬘物語に担わせられていた命題であった。玉鬘が筑紫から逃れてきたきっかけが、大夫監からの強引な求婚であったことをも加えれば、玉鬘と求婚という結びつきはさらに強いものになる。

神域で行われる歌の掛け合いや舞の所作が、踏歌と歌垣では類似していることは既に触れた。その歌垣は市という神域で行われていた歌舞であるが、玉鬘は実はこの市と深いかかわりを持つ人物でもあった。筑紫から逃げるように上京してきた玉鬘は夕顔の侍女であった右近と偶然この市の宿で巡り会う。「ただ親おはせましかばとばかりの悲しさを嘆きわたりたまへるに、かくさし当たりて、身のわりなきままに、とり返しいみじくおぼえつつ、からうじて椿市といふ所に、四日という巳の刻ばかりに、生ける心地もせで行き着きたまへり」（玉鬘③一〇四～一〇五頁）と椿市での再会が玉鬘の転機となり、光源氏に迎えられることが決定する。

椿市（海石榴市）は三輪山の麓に位置し、伊勢や吉野、飛鳥などを経る複数の道が集まり、初瀬川の舟便もある交通、交流の場であった。平安時代には初瀬詣と結びついて想起されることが多く、『蜻蛉日記』には道綱母が初瀬詣の際に椿市に宿泊した記録がある。玉鬘物語でも椿市での邂逅は初瀬詣の途中であった。『源氏物語』ではこの市に関わる人物は玉鬘しかおらず、(46)玉鬘と市の密接な関係が浮かび上がる。物質交換の場という観点から見れば、市で右近と出会った玉鬘は、まさに「交換される贈りモノ」として六条院の〈種《くさはひ》〉となるべく物語に登場してきたのであった。(47)そもそも玉鬘が上京してきた筑紫も大宰府の所在地であり、外来交易の拠点の地である。筑紫、市という場の特性を考えれば、玉鬘は交換、交易されるモノという属性を幾重にも負わされた存在といえる。(48)椿市は歌垣の場として頻繁に文献に登場し、『万葉集』には「海石榴市の八十の衢に立ち平し結びし紐を解かまく惜しも」（二九五一）、「紫は灰指すものぞ海石榴市の八十の衢に逢へる児や誰」（三一〇一）などと記されている。こうした椿市が抱える歌垣的世界が市と関連が見られる玉鬘に色濃く影響を及ぼしてくるのではなかろうか。(49)

市が「神々の来臨を待ち斎くべき祭りの場、斎きの庭から発達した」という指摘を思い起こせば、(50)市で行われた歌垣と「には」で行われた男踏歌の身体的動作に通底するものがあることも肯ける。踏歌は別名を「アラレバシリ」というが、これは霰のように足音を立てて、走り回る踊りからきた言葉であるという解釈がある。(51)『日本書紀』に漢人や唐人が踏歌を奉ったという記載があるように、『続日本紀』の宝亀元年（七七〇）三月の条には、称徳天皇が河内の由義宮に行幸された時、河内の渡来人が歌垣をしたという記述もある。

葛井。船。津。文。武生。蔵六氏男女二百卌人供奉歌垣。其服並着青摺細布衣。垂紅長紐。男女相並。分行徐進。歌曰。乎止賣良尓《ヲトメラニ》。乎止古多智蘇比《ヲトコタチソヒ》。布美奈良須《フミナラス》。尓詩乃美夜古波《ニシノミヤコハ》。与呂豆与乃美夜《ヨロヅヨノミヤ》。其歌垣歌曰。……

（略）。

「フミナラス」という言葉から歌垣において大地を踏み鳴らした舞を行っていたことがうかがわれる。この時既に歌垣が踏歌の影響を受けていたと見られることから、「フミナラス」という姿態は踏歌のものである可能性がある。この直前の天平神護二年（七六六）に公序良俗を乱すような歌垣的側面を持った男踏歌が畿内で禁止されていることを考慮すれば、両者の交流は明らかである。

さて、竹河巻の男踏歌は玉鬘求婚譚の変形版と読むことが許されようか。玉鬘の大君には今上帝や冷泉院をはじめ夕霧の息子、蔵人少将も求婚し、薫もひそかに思いを寄せていた。玉鬘求婚譚を焼き直したかのように物語が展開した後、かつて玉鬘の有力な求婚者であった冷泉院に大君は参院し、「もう一人の玉鬘」の物語が時間《とき》を越えて始まる。冷泉院の玉鬘への執心は残りつつも、大君はまもなく懐妊し、院の寵愛も日増しに深まっていく。

竹河うたひて、御階のもとに踏み寄るほど、過ぎにし夜のはかなかりし遊びも思ひ出でられければ、ひが事もしつべくて涙ぐみけり。后の宮の御方に参れば、上もそなたに渡らせたまひて御覧ず。月は、夜深うなるままに昼よりもはしたなう澄みのぼりて、いかに見たまふらんとのみおぼゆれば、踏むそらもなうただよひ歩きて、盃も、さして一人をのみ咎めらるるは面目なくなん。（竹河⑤九七頁）

竹河巻の男踏歌では「踏み寄る」「踏むそらもなうただよひ歩きて」と、蔵人少将の足元が繰り返し注目されている。『枕草子』「なほめでたきこと」に「一の舞のいとうるはしう袖を合はせて、二人ばかり出で来て、西によりて向ひて立ちぬ。つぎつぎ出づるに、足踏みを拍子に合はせて、半臂の緒つくろひ、かうぶり、衣の頸など」(二五六頁)とあるように、本来、舞の描写は足拐きに注目が集まるが、『源氏物語』の男踏歌の描写では、少なくともこれまで舞の足拐きに言及されることはなかった。初めて舞の足拐きが表れたそれについて、『孟津抄』(52)は「忘却して也。手の舞ひ足の踏むも覚えぬさま也」と解している。蔵人少将の自信のない足拐きは、もはやどうにもならない大君への気持ちと連動しているかのようである。(53)

竹河巻の男踏歌に見られるように、力強く「フミナラス」ことができない時の足拐きだけが描写されていることから逆に考えられるのは、『源氏物語』の男踏歌では常に大地を「フミナラス」ことが前提となっているのではないかという事実である。(54)初音巻では確かに舞人たちの足拐きに言及がないが、「竹河うたひてかよれる姿」で群れをなして揺れ動く舞人たちは、大地を強く踏み鳴らしていたことが逆に想像され、歌垣に似た猥雑さが「竹河」の歌詞だけではなく、身体からも発散されているのが実感される。初音巻の男踏歌では「フミナラス」力強い足踏みの描写がないことで、より強くそれを想起させるのである。結婚の成就を願い、少女を恋い慕う催馬楽「竹河」は求愛の姿勢を表わす歌曲であり、玉鬘を意識する舞人たちの心情に自ずと寄り添い響きあう。歌詞にある「橋の詰め」とは天智紀にある「童謡」、「打橋の　頭の遊に　出でませ子」(『日本書紀』③二八六頁)を見ると、歌垣の場所のひとつであったとみられる。(55)踏歌では「竹河」に限らず「この殿」なども謡われているが、歌垣的世界を彷彿とさせる「竹河」が意図的に選ばれたと考えられ、求愛の姿勢を強く響かせている。(56)

四　儀式における足踏み

歌垣の構造を儀礼化したものは男踏歌ばかりではない。紅葉賀巻における青海波の舞も中国伝来の唐楽として宮廷儀礼に取り込まれたといわれ、男踏歌のそれと同様に、歌垣の発想を踏まえたものである。[57]『源氏物語』には青海波の用例が五例あるが、後の回想を含め、全てが紅葉賀巻における光源氏の青海波の舞を示す。

源氏の中将は、青海波をぞ舞ひたまひける。片手には大殿の頭中将、容貌用意人にはことなるを、立ち並びては、なほ花のかたはらの深山木なり。入り方の日影さやかにさしたるに、楽の声まさり、もののおもしろきほどに、同じ舞の足踏面持、世に見えぬさまなり。（紅葉賀①三一一頁）

朱雀院への行幸の前に清涼殿の前庭で試楽が行われた。光源氏の青海波の舞は試楽と行幸の二度行われており、引用は試楽の際の青海波の舞の場面である。青海波の舞は両手の上げ下ろしが多く、波を表わす手振りを主とする舞であるが、「舞のさま手づかひ」ばかりでなく、ここでは「足踏」も注目されている。後に光源氏が「もの思ふに立ち舞ふべくもあらぬ身の袖うちふりし心知りきや」（紅葉賀①三一三頁）と詠んでいるように、愛しい藤壺への愛情が試楽の際の袖を振る所作に込められていた。一方で「神など空にめでつべき容貌かな。うたてゆゆし」（紅葉賀①三一二頁）と弘徽殿女御がいうように、光源氏の舞は神に魅入られるのではないかと思われる美しさであり、手振り、足踏みが神に通じる力を持っていると考えられる。行幸における再演では「色々に散りかふ木の葉の中より、青海波のかかやき出でたるさま、いと恐ろしきまで見ゆ」「そぞろ寒くこの世のことともおぼえず」（紅葉賀①三一四～三一五頁）などと表現され、光源氏の異様なまでの麗姿に天までもが感応するように時雨がこぼれ落ちた。「畏怖すべき霊的なものとの接触」が儀式の場で行われるのである。(58)

『古事記』(59)によると天照大御神の天岩屋戸こもりで、天照大御神を岩屋戸から連れ出す際に、天の宇受売の命が「天の石屋戸にうけ伏して、踏みとどろこし」（五一頁）と桶をふせ、それを踏んで大きな音を響かせ「神懸り」したとされる。踏んで大きな音を立てたことで、神霊が乗り移るのである。『楽家録』(60)には、宮廷の御神楽の儀式では人長が「庭燎作法」を行うとある。これには「庭燎作法、先人長進、榊添輪持也、但榊出内侍所、輪自家亭持参矣 榊輪制法人長巻記焉、到于軾前踏三拍子、以右足蹴軾而立于本方」と庭燎作法を行う以前にまず人長が進み、軾前に到り、三拍子を踏み、右足を以って軾を蹴ったと記されている。円座を踏み、蹴るという行為から呪術的な足使いが行われていたことが読み取れる。(61)

踏むという所作には神との交感があることがここにはっきりと認められる。「には」とはこのような神を迎える神聖な場である。重要無形民俗文化財の花祭は注連縄で囲った「舞庭」と呼ばれる神聖な場で、清めの儀式から夜を徹して様々な舞が行われる神事であり、鬼の舞では榊鬼が反閇を踏み、悪霊を封じて五穀豊穣、病気平癒を祈願する。「には」は芸能発生の場であるという説があるように、(62)神と交感するための反閇などの足踏みの所作が、次第に足踏みの芸能に取り入れられていったのであろう。(63)もともと踏歌が農作物の豊穣や帝都の繁栄を神に祈る行事であったことを顧みるとき、聖なる場である「には」でその特徴的な足踏みによって神と交感することは自明なのである。

『源氏物語』は求愛の側面を持ち、良俗を乱す歌垣と融合し猥褻化した男踏歌を物語に取り込み、玉鬘求婚譚(64)と関連付けている。神と交感するための足踏みは、愛しい女性への求愛のしぐさとなり、儀式的様相を逸脱する。足踏みから発散する求愛の所作、猥雑なエネルギーは蹴鞠という遊びを通して地上から天上へも向かっていく。(65) こうした儀式的様相の逸脱の積み重ねの中で「には」の機能もまた祭祀儀礼の場、盛大な儀式の場から鑑賞の場へと次第に変化していくのである。

註

(1) 倉林正次『饗宴の研究』儀礼編（桜楓社、一九六五年）。
(2) 天理図書館善本叢書和書之部第四十二巻『貞信公御記抄・九條殿御記』（天理大学出版部、一九八〇年）。
(3) 飯淵康一・永井康雄「平安期寝殿造住宅庭園の空間的性質」（『日本庭園学会誌』一九九六年三月）。
(4) 桜の花の宴に関してはⅢ「1「くもりなき庭」考」で論じている。併せて参照。
(5) 山口昌男「足の文化人類学―足の表現力を探ると―」（『笑いと逸脱』筑摩書房、一九八四年）。踏歌と反閇の類似性については、中田武司「「踏歌節会」の研究」（『専修人文論集』一九九六年三月）にも指摘がある。
(6) 臼田甚五郎「日本に於ける踏歌の展開」（『神道と文学』白帝社、一九四一年）。
(7) 『年中行事抄』は続群書類従による。
(8) 小山利彦「男踏歌考」（『源氏物語宮廷行事の展開』（桜楓社、一九九一年）。なお三隅治雄『踊りの宇宙　日本の民族芸能』（吉川弘文館、二〇〇二年）によると朝鮮半島でも旧正月を中心に「地神踏み」という集団で地面を踏み、縦横に飛び跳ねる足踏みの効果を重視した農楽の踊りがあるという。
(9) 群書類従『年中行事秘抄』による。ただしこの記録は正史にはみえない。
(10) 新訂増補国史大系『続日本紀』（吉川弘文館、一九八二年）。
(11) 中西進『万葉集』㈠～㈣（講談社文庫、一九七八年）による。
(12) 西郷信綱『古代の声　うた・踊り・市・ことば・神話』（朝日新聞社、一九八五年）。

(13) 風巻景次郎「古代詩と中世詩との間」(風巻景次郎全集第五巻『和歌の伝統』桜楓社、一九七〇年)は歌垣が絶え、代わって踏歌が盛んに行われるようになったと指摘する。歌垣と踏歌の関連性については既に言及が多くなされている。臼田甚五郎前掲論文、山中裕『平安朝の年中行事』(塙書房、一九七二年)、土橋寛『古代歌謡と儀礼の研究』(岩波書店、一九六五年)など参照。

(14) 『河海抄』末摘花巻の註に「聖武天皇天平元年正月十四日始有男踏哥」とあり、類似する記録が『年中行事秘抄』に「天平元年正月十四日始有踏歌」とあるが疑わしい。荻美津夫「踏歌節会と踏歌の意義」(『古代中世音楽史の研究』吉川弘文館、二〇〇七年)では踏歌節会は延暦年間までは男踏歌、女踏歌がともに行われていたが、遅くとも弘仁年間以降にはすでに女踏歌が中心であったと考えている。

(15) 新訂増補国史大系『令義解』(吉川弘文館、一九八一年)。

(16) 植田恭代「催馬楽「竹河」と薫の恋」(『日本文学』一九九〇年九月。後に「「竹河」と薫の物語」と改題し『源氏物語の宮廷文化―後宮・雅楽・物語世界―』(笠間書院、二〇〇九年)所収)。

(17) 『内裏式』は群書類従による。

(18) 倉林正次前掲書。

(19) 『紫明抄・河海抄』(角川書店、一九六八年)。

(20) 『歴史物語成立序説―源氏物語・栄花物語を中心として―』(東京大学出版会、一九六二年)。

(21) 大日本古記録『小右記・小記目録上』(岩波書店、一九七九年)。

(22) 新訂増補国史大系『日本紀略』(吉川弘文館、一九八〇年)。

(23) 平間充子「男踏歌に関する基礎的考察」(『日本歴史』二〇〇〇年一月)は『河海抄』が提示する説を否定する根拠に、この内裏焼失記事をあげている。この他、里内裏において承香殿や桂芳坊が設定された例も存在しないこと、天元二年の男踏歌は『小記目録』の他に『勘例』三にも見えているが、天元六年の実施を示す記録が『河海抄』以外に確認できないことをあげ傍証を固める。

(24)『年中行事抄』には「天暦御宇。依御忌月止之。天元一度行之」とあり、天元年間に一度だけしか男踏歌は行なわれていない。従って、天元二年か天元六年どちらかの実施は確実である。
(25)新訂増補国史大系『類聚三代格』(吉川弘文館、一九五二年)。
(26)新訂増補国史大系『延喜式』(吉川弘文館、一九八一年)。
(27)森朝男「都市の成立と歌―歌垣の衰退に絡んで―」(『古代和歌と祝祭』有精堂出版、一九八八年)は歌垣の衰退は都市の発達と関係があることを指摘する。
(28)『類聚国史』によれば女踏歌は嵯峨天皇までは豊楽院で行われていた。
(29)山中裕前掲書、小山利彦前掲論文、中田武司前掲論文、植田恭代前掲論文、平間充子前掲論文など多数。
(30)伊井春樹編『松永本　花鳥余情』(桜楓社、一九七八年)。史料拾遺第三巻『吏部王記』(臨川書店、一九六九年)参照。
(31)註(20)に同じ。山中裕前掲論文。
(32)武者小路辰子「若菜巻の賀宴」(『日本文学』一九六五年六月。後に『源氏物語　生と死と』(武蔵野書院、一九八八年)所収)四七八頁。
(33)踏歌節会の初見は新訂増補国史大系『日本三大実録』(吉川弘文館、一九八一年)にみえる貞観元年(八五九)正月十六日の記事である。
(34)註(20)に同じ。山中裕前掲論文。
(35)甲田利雄『年中行事御障子文注解』(続群書類従完成会、一九七六年)参照。
(36)新編全集『源氏物語』③三八〇頁の頭注でも「毎年行われるとは限らず、初音巻以来二年ぶり」とあり、大系『源氏物語』②二九八頁の頭注でも「男踏歌は隔年に行われる」とある。
(37)山田利博「源氏物語における男踏歌―その対照的方法について―」(『中古文学論攷』一九八六年十月。後に「男踏歌の対照」と改題し、『源氏物語の構造研究』(新典社、二〇〇四年)所収)。

(38)『朝野群載』（引用は新訂増補国史大系『朝野群載』（吉川弘文館、一九三八年）による）

萬春楽々々々々
我皇延祚億千齢。萬春楽　元正慶序年光麗。萬春楽　延暦休期帝化昌。萬春楽
百辟陪筵華幄内。天人感呼　千般作楽紫宸場。萬春楽
我皇延祚億千齢。萬春楽　人霑湛露歸依徳。萬春楽　日暖春天仰載陽。萬春楽
願以佳辰掌楽叓。天人感呼　千々億歳奉明王。萬春楽

(39) 日向一雅「源氏物語の年中行事―朝賀・男踏歌・追儺―」（『源氏物語　東アジア文化の受容から創造へ』（笠間書院、二〇一二年）。「寿詞の乱りがはしき、をこめきたる言もことごとしくとりなしたる」という表現には堅苦しい寿詞だけではなく、猥雑で滑稽な表現もまじったものであったのだろうと指摘する。

(40) 河添房江「六条院王権の聖性の維持をめぐって―玉鬘十帖の年中行事と「いまめかし」―」（『国語と国文学』一九八八年十月。後に『源氏物語表現史―喩と王権の位相―』（翰林書房、一九九八年）所収）。日向一雅前掲論文では男踏歌が朱雀帝の時代には行われていないことに注目し、男踏歌は親政による理想的な時代を象徴する行事として物語の中で位置づけられていると指摘する。

(41) 後藤祥子「玉鬘物語展開の方法」（『日本文学』一九六五年六月）。

(42) 三田村雅子『源氏物語―物語空間を読む』（筑摩書房、一九九七年）。霞と仙境に関してはⅠ「1　庭の発生」でも論じた。

(43) 山中裕「六条院と年中行事」（『講座源氏物語の世界』第五集、有斐閣、一九八一年）。

(44) 註（37）に同じ。山田利博前掲論文。

(45) 山田利博「玉鬘の流離と幸運―玉鬘と以後の巻々―」（源氏物語講座三『光る君の物語』勉誠社、一九九二年）では竹取引用を踏まえ、六条院の栄華の実質は玉鬘が支えていたと指摘する。

(46) 金秀美「玉鬘物語における「九条」と「椿市」―《市》を巡る説話との関わりから―」（『中古文学』二〇〇四年

五月）では、二例存在する「市女」を「物を売る女・女商人」と意味を広げ、玉鬘のいる九条に関わって登場することから、玉鬘物語の中で九条も市に連鎖される空間であると規定する。

(47) 三谷邦明「玉鬘十帖の方法」（『物語文学の方法Ⅱ』有精堂出版、一九八九年）では玉鬘を「この世の男たちを蠱惑する、光源氏の栄華の〈種《くさはひ》〉＝装飾品にすぎない」（二七八頁）という。

(48) 原岡文子「『源氏物語』の流離―玉鬘物語を中心に―」（倉田実・久保田孝夫編『王朝文学と交通』竹林舎、二〇〇九年）。

(49) 林田孝和「玉鬘求婚譚の造型」（『国文学』一九九三年十月）。

(50) 高崎正秀「「庭」其他―神座の研究」（高崎正秀著作集第三巻『萬葉集叢攷』（桜楓社、一九七一年）一四四頁。一方で西郷信綱前掲書ではイツク（斎）からイチ（市）を解こうとする説を否定する。

(51) 「アラレバシリ」については異説が多く、踏歌の終わりに「万年あられ」という言葉を繰り返しつつ、足早に走り、退くことをいうとする説もある。新訂増補国史大系『釋日本紀』（吉川弘文館、一九三二年）所引『私記』には「今俗曰阿良礼走。師説。此歌曲之終。必重稱万年阿良礼。今改曰萬歳楽。是古語之遺也」とあり、古語の残ったものであると伝える。

(52) 『湖月抄』（講談社学術文庫、一九八二年）所引『孟津抄』。なお野村精一編『孟津抄』（桜楓社、一九八四年）には「忘却して也」とのみある。『岷江入楚』（桜楓社、一九八三年）には「舞の足ふみ手つかひも覚ぬさまなるとにや」とある。

(53) 田代千智「源氏物語の「足」について」（『玉藻』一九九九年九月）では、「足」と恋には強い相関関係があることを提示する。「足」の表現性に関しては山口昌男「足から見た世界」（『文化の詩学Ⅱ』岩波書店、一九八三年）、葛綿正一「平安朝文学における身体の主題―足と沓をめぐって―」（『日本文学』一九九四年六月）など参照。

(54) 『源氏研究』（翰林書房、一九九七年四月）の座談会で男踏歌と足踏みの問題は取り上げられている。

(55) 『万葉集』「住吉の小集楽《をづめ》に出でて現にも己妻すらを鏡と見つも」（三八〇八）の「小集楽」も同様と見られる。

（56）佐藤忠彦「催馬楽についての覚書―その性格と出自に関連して―」（『国語国文研究』一九五九年七月）。歌垣的イメージが強いことは植田恭代前掲論文に指摘がある。氏によれば歌垣と関わる「竹河」の詞章世界が物語場面と強く結びついている。
（57）三田村雅子「青海波再演―「記憶」の中の源氏物語―」（『源氏研究』翰林書房、二〇〇〇年四月）。
（58）松井健児「朱雀院行幸と青海波」（『源氏物語の生活世界』（翰林書房、二〇〇〇年）八七頁。
（59）『古事記』の引用は新潮集成による。
（60）日本古典全集『楽家録』一（日本古典全集刊行会、一九三五年）。
（61）池田弥三郎「「舞台」の源流」（芸能史研究会編『日本の古典芸能』第一巻、神楽、平凡社、一九六九年）。
（62）高崎正秀前掲論文。
（63）武智鉄二『舞踊の芸』（東京書籍、一九八五年）では天照大御神を連れ出した天の宇受売の命の所作もシャーマン呪術の神への奉仕、神からの伝達という域を越えて、八百万の大衆に見てもらうための創造的な身ぶり、芸術まで昇華したと指摘する。
（64）松井健児前掲論文では物語では様式化された儀式ではなく、「儀式のなかのメディアとしての身体の記憶がその個としての思いを代弁している」（八七頁）と説く。近年では身体とメディアに関する論考が多く提示されているが、三田村雅子『源氏物語　感覚の論理』（有精堂出版、一九九六年）は身体論の先駆けとして位置づけられる。
（65）松井健児「蹴鞠の庭」（『源氏物語の生活世界』（翰林書房、二〇〇〇年）参照。

3　儀式と「放出《はなちいで》」——庭との境界——

天保十三年（一八四二）に沢田名垂が『家屋雑考』[1]の中で示した、いわゆる「寝殿造」の実像に合う遺構は未だ発掘されていない。こうした現状について川本重雄氏は「それは寝殿造がなかったわけではなく、従来の寝殿造の定義や説明が間違っていたと考えるべきである」と説く。[2]川本氏によれば平安貴族の邸宅の特徴は「開放的な内部空間、庭と屋内が連続する空間」であるという。京楽真帆子氏も「『家屋雑考』の図に惑わされることなく、史料に即して、そうした邸宅像を追及していくことが、平安貴族建築研究の新たな一歩となるにちがいない」と述べられる。[3]いわゆる「寝殿造」の特徴が「庭と屋内が連続する空間」であるという視座に立ったとき、これまで無関係だと考えられてきた庭と「放出」という場の新たな関係がみえてくる。本章では儀式的な機能を強く持つ「には」と、儀式の際に臨時に設けられた空間であると考えられてきた「放出」の関係性について明らかにする。

一　「放出」という空間

平安朝物語に登場する「放出」という空間は未だ不可解な点が多い。『うつほ物語』『落窪物語』『今鏡』『増鏡』

『古今著聞集』の用例が各々一例、『源氏物語』が六例、『今昔物語集』に十三例が確認できる。その他官人日記にも用例はあるが、資料としては乏しい。『家屋雑考』には室町以降の寝殿には見えないと記され、古記録からその実態を探るしかないが、当時から不明瞭な空間であったらしい。『河海抄』(4)では「放出　一説出居事也云々　又廂名也云々」とあり、出居、廂の名としている。出居とは「殿の御出居の方に入りたまへり。ためらひて対面したまへり」（柏木④三三三頁）などとあるように、接客空間であった。『蜻蛉日記』では内裏の賭弓の儀に臨時に設けられる座を意味し、出居は儀式と関連する場であったようである。(5)

それに対して『花鳥余情』(6)は『河海抄』説を否定し、次のように説明する。

> 謂放出者南面母屋之名也河海曰廂者誤也所詮寝殿母屋南北中央以妻戸隔之所謂子之妻戸也或以障子為隔以南方為放出以北為内方（略）故東対母屋をは東放出といふ西可准之

これによると、「放出」は南面の母屋の名であるという。『細流抄』(7)も「花鳥にくはし所詮は両方に小寝殿あり母屋の中をなからにして御帳をたつる物也母屋の中をいへり外様むきをはなちいてとはいふなり晴のかた也」と『花鳥余情』の説を踏襲する。『源氏物語』の古注釈では南面の母屋を「放出」の場と見るのが主流であったといえる。

しかし、江戸期の文献では見解が異なる。天保十四年（一八四三）刊行の『貞丈雑記』(8)では「按ずるに此文に依て考るに放出は母屋より立出したる屋也母屋より放ち出したる心也たとへば丁ノ字の如し横の畫は母屋にて堅の畫は放出也世俗に角屋といふものなり」と記され、母屋から外側に張り出したものが「放出」であると規定する。同様の見解は天保元年（一八三〇）『嬉遊笑覧』(9)にも記載があり、「是今世はなれ座敷やうの処ながらつゞきてはある

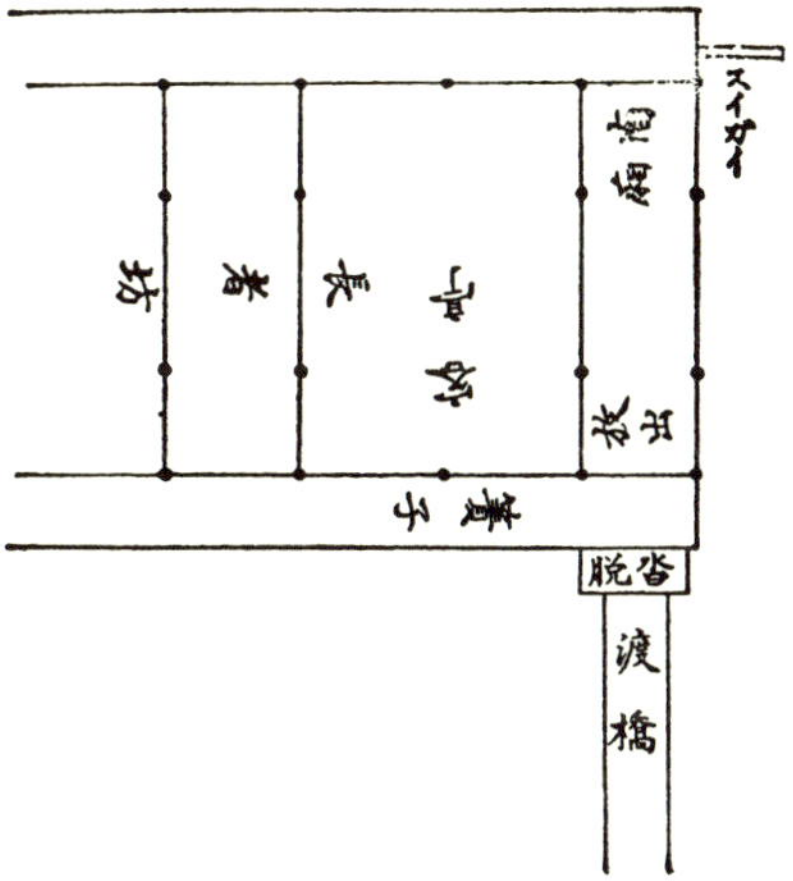

図1　『家屋雑考』「放出」

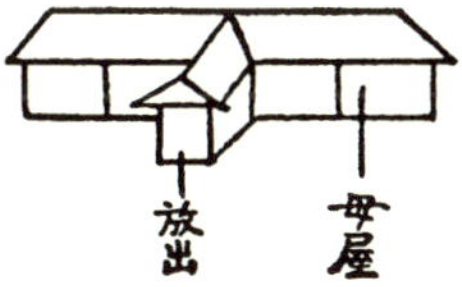

図2　『貞丈雑記』「放出」

なり「夏山雑談」に放出とは本殿より別に造り出したる処なり、俗に小書院小座敷などいふが如し」とある。さらに文政十年（一八二七）『筆の御霊』(10)でも「棟を別にして張出せる屋を、放ち出と云ふ、内の方はつゞきたれども、其在かた殊に張出るによりて、然云なり」と記されている。

また一方で、これらの文献と同時期の『家屋雑考』では、

よて今按ずるに、こは南開き北開きなどいふほどの名にて、外ざまの明るみへ向ひたる所をいふ。細流に、外ざま向をいふ。晴の意なりといへるは、即此事にて、必しも常ある一間の名とは聞えず。偖是を放出と唱ふるいはれは、時にとり大客などある折々、遣戸、障子の類を放ち出だして、圍ひ廣むる故の名とおぼし。

とされ、「放出」は常設の一間ではなく、自由に間取りを変えることができ、行事などに臨時に設けられた場であると定義する。接客の場という点は出居と通じるものである。

このように「放出」は古代から不特定な場であったと推察され

る。近年では『家屋雑考』説を重視する傾向にあり、『角川古語大辞典』[11]には「臨時に障子や遣戸を取り除き、母屋を廂や孫廂まで広くして、屏風・壁代・御簾などで間取りを変えた部屋。寝殿・対屋・廊などに続けて、別棟で外に張り出して造ったものもある。孫廂や張り出しに造ったものは、落間（おちま）になることがある。訪問者の応接、子どもの住居、儀式の座などに用いられた」とある。『家屋雑考』説を礎に『貞丈雑記』などの見解を取り入れたものが今日の解釈となっている。

一院の上は、気色おはする御心にて、多くの大臣たち、大宮方に見せざなるに、藤壺をうしろめたく思はむ、と心もとなげに、一つにみな狭げなりと御覧じて、「かの東の放ち出での母屋二つぼ、屏風立てて、いぬ宮、尚侍は、ここにものせらるべきなり」とのたまはすれば、喜びながら屏風立てしつらひたまひつ。

（『うつほ物語』③楼の上下・五八一頁）

物語において最も早い用例は『うつほ物語』である。もっとも諸注釈書の多くは最善本とされる尊経閣文庫蔵前田家本の「はいて」を校訂したものであり、その意味で確実性に欠けるところは否めない[12]。ただし、「放出」以外の語を想定することは困難であることから、これを「放出」と認めていいのではないだろうか。新編全集では「放出」を「寝殿造で、母屋からつなげて、外に張り出して建てた建物」と解するが、一方で室城秀之校注『うつほ物語 全（改訂版）』では、「次の二間を、廂かけて宮、女御おはす」（『うつほ物語』③五七五頁）という記述をふまえ、廂と母屋のつながった部分と見ている[13]。

北の方、心やいかがおはしけむ、つかうまつる御達の数にだに思さず、寝殿の放出の、また一間なる落窪なる所の、二間なるになむ住ませたまひける。

（『落窪物語』一七頁）

『落窪物語』では「放出」の先にある一室の床の落ち窪んだ場所に落窪の君は住んでいたと紹介されている。新大系では「寝殿の一部の開け放たれた空間」とあり、新編全集では「廂の間を几帳・障子などで仕切って設けた部屋」とあるように解釈が異なる。(14) 多くの近世の文献が指摘するように「放出」を別棟の建物と考えると、「おちくぼ」はその先にさらに一部屋低く建て増しした空間であったということであろうか。また、『家屋雑考』説に依拠すれば母屋と廂の間が一体となった「放出」の先に、奥行一間、幅二間の「おちくぼ」があったことになる。「おちくぼ」は他の場所より一段低いという点を重視すれば、喪に籠もる時に用いられる土殿に類似した空間とも考えられる。

近年有力視されている『家屋雑考』説も物語の用例に照らしてみれば、確実性に欠けることが浮かび上がる。このような経緯から、時田麻子「寝殿造における「放出（はなちいで）」の考察―『落窪物語』の「放出」に対する疑問」では、「放出」は場所も用途も一定しない、「どのように使いたいかによって放ち出す場所」ではないのかという新たな見解が提示された。(15)

確かに、『細流抄』が「晴のかた也」と述べているような様相は『うつほ物語』『落窪物語』の各用例にはない。では、『細流抄』のいう「外様むき」「晴のかた也」をどのように考えたらいいだろうか。『家屋雑考』は『細流抄』のいう「外様むき」を「外ざまの明るみへ向ひたる所をいふ」と解する。そもそも寝殿造内部は外部に向かって開かれた開放的空間である。開放的な空間構造になったのは、邸内と庭を同時に使う形で儀式が執り行われたためであるといわれる。[16] 邸内と庭という別々の空間が対立しているわけではなく、邸内と庭が連続している一つの空間として捉えるとき、「放出」もまた違った角度から考えることができるのではないか。

Ｉで述べたように、今日、我々が庭と認知している空間を上代では「やど」「その」「しま」「には」などと区別していた。[17] 儀式が行われるのは南庭であるが、この「庭」という文字は地面それ自体を示す言葉であり、農事に関わる神聖な場であった。『万葉集』[18]で「庭中の阿須波の神に小柴さしあれは斎はむ帰り来までに」（四三五〇）と詠まれているように、神々など霊的なものが降臨する「には」は古来から祭祀儀礼に関わる、一種の聖空間である。やがて、寝殿の南側に広がる南庭は儀式に対応できるハレの場となっていく。

『花鳥余情』所引『小右記』[19]の永観元年（九八三）正月二日に「中宮大饗其儀二条院東《ノ》対《ノ》南放出三間儲《ニ》公卿座北上対座立台盤母屋《ニ》懸簾庇《ニ》不懸之四位侍臣座在南廂西上北面」などとあるように、「放出」は儀式が行われる際に設えられていた。つまり「放出」もまた庭と同様に儀式に関わる聖空間なのである。「放出」という空間の実態が掴めないが、『家屋雑考』説のように母屋を廂まで広げた場と捉えるならば、「放出」は格子を上げれば庭と一体となる巨大な聖空間となる。一方で『貞丈雑記』など複数の江戸期の文献が指摘するように、「放出」を別棟の建物と捉えるならば、その建物は庭側（外側）に突き出して建てられた空間となる。いずれにしても、「放出」という空間は聖空間である庭に隣接した境界空間であると考えられる。

二　儀式と「放出」——『源氏物語』の用例から——

『小右記』の記録から明白なように「放出」は儀式と深く関わっていることが多い。『源氏物語』には「放出」の用例が六例あり、このうち儀式に関わるものは五例認められる。

宮のおはします西の放出をしつらひて、御髪上の内侍なども、やがてこなたに参れり。上も、このついでに、中宮に御対面あり。（梅枝③四一二〜四一三頁）

明石の姫君裳着の儀では、秋好中宮の里邸であった西南の町の一角に、「放出」は裳着の場として設けられた。[20] 姫君の腰結役には秋好中宮が選ばれ、「後の世の例にや」（梅枝③四一三頁）と前例がない盛大な裳着であった。裳着は結婚を前提に行われることが多く、宿木巻でも女二の宮の裳着の翌日に薫が婿として迎えられている。明石の姫君の場合も、裳着直後に元服する東宮に入内予定である。明石の姫君の入内は光源氏が次世代の繁栄を切り開く最重要な事柄であり、その姫君の裳着は物語展開において重々しい晴儀なのである。権力の維持、移行の結節点ともいうべき重要場面に「放出」の描写はある。

この裳着の調度は、そのまま入内の調度になることもあり、自ずとその準備に力が入る。姫君に持たせる薫物では紫の上の調香した梅花香が華麗で現代的という高評価を得たが、紫の上は「上は、東の中の放出に、御しつらひことに深うしなさせたまひて、八条の式部卿の御方を伝へて、かたみにいどみ合はせたまふほど」（梅枝③四〇四頁）と、東の対の「放出」で「八条の式部卿の御方」秘伝の調合法を行っていた。[21] この用例が『源氏物語』における「放出」の初出となる。このような秘伝に関わる「放出」の用例では、先述した『うつほ物語』が前例として考えられる。『うつほ物語』の用例はいぬ宮が楼に上り、秘琴伝授を祖母の俊蔭の娘から受け、いぬ宮の琴が祖母に勝るほど上達したことで、楼を下りた直後のものである。秘琴伝授を行った楼は〈籠もりの空間〉、聖なる空間である。楼を下りた俊蔭の娘（尚侍）といぬ宮が「東の放ち出での母屋二つぼ」に屏風を立てて籠もったのは、嵯峨の院の格別の配慮であり、そこで秘曲が演奏された。俊蔭の娘が演奏を始めると天変地異が起こり、皆が感涙したという。このような現象を考えると「東の放ち出での母屋二つぼ」も特別な空間ではないかと類推されるのである。

紫の上の調香もまた秘伝と関連する。相伝する調合法を洩らさないように、「放出」を用いるのである。これは『うつほ物語』の用例と類似する描写であることから、紫の上も「八条の式部卿の御方」秘伝の調合法を保持するために、屏風などの隔ての具を立てて籠もっていたのであろう。このような伝授に関連する場はハレの場ではないが、特別な空間として位置づけることが出来るのではないかと考えられる。

既述した『落窪物語』の用例では、「放出」の先に「おちくぼ」がある。落窪の君の父である中納言は「樋殿におはしけるままに、落窪をさしのぞいて見たまへば」（二五頁）と、「樋殿」に行ったついでに落窪の君の部屋に立ち寄っていた。「放出」は「樋殿」に近い位置にあると考えられる。『うつほ物語』『落窪物語』の各例からハレの儀式に関わらない「放出」もまた特別な場、聖なる空間として機能しているといえよう。もちろん、この紫の上の調香も儀式に直接関わるものではないが、明石の姫君裳着の儀式と附随する事柄としても押えておきたい。

続く、光源氏四十賀でも「放出」は繰り返し登場する。

①南の殿の西の放出に御座よそふ。屏風、壁代よりはじめ、新しく払ひしつらはれたり。うるはしく倚子などは立てず、御地敷四十枚、御褥、脇息など、すべてその御具ども、いときよらにせさせたまへり。

（若菜上④五五頁）

②寝殿の放出を例のしつらひて、螺鈿の倚子立てたり。殿の西の間に、御衣の机十二立てて、夏冬の御装ひ、御

衾など例のごとく、紫の綾の覆ひどもうるはしく見えわたりて、内の心はあらはならず。

（若菜上④九三〜九四頁）

①は六条院で行われた玉鬘主催の四十賀の場面。②は二条院で行われた紫の上主催の四十賀の様子である。大勢の客が廂にまで溢れる様子から、盛大なハレの儀式であったことが分かる。一連の四十賀によって、「過ぐる齢も、みづからの心にはことに思ひとがめられず、ただ昔ながらの若々しきありさまにて、改むることもなきを、かかる末々のもよほしになむ、なまはしたなきまで思ひ知らるるをりもはべりける」（若菜上④五七頁）と自覚していなかった老いを光源氏は痛感する。かつて光源氏が恋人のように扱った玉鬘は思いがけず髭黒と結婚し、二人の男児の母となった。養女格である玉鬘の息子たちは光源氏の「孫」ともいえ、幼い孫たちとの対面は図らずも「祖父」になった光源氏の老いをより際立たせたであろう。[22]

心細い境涯であった玉鬘は髭黒、実父太政大臣、兄の柏木などに支えられて盛大な儀式を執り行い、②では紫の上もまた、明石の君、明石の女御、父の式部卿宮、東宮など大勢の人々の協力を得て、高い格式を持し、儀式を主催する。[23]賀宴とは「祝われる者と祝う者の相互の栄えがあり、祝う者がその財力と勢力をみせ、身分に応じた格式をととのえた宴をひらく」ものであるという。[24]もはや誰も光源氏の庇護など必要としないかのように、立派に儀式を運営するのである。そもそも光源氏は祝われることを拒み、「事のわづらひ多くいかめしきことは、昔より好みたまはぬ御心」（若菜上④五五頁）にて、四十賀を固辞していたにも拘らず、冷泉帝、玉鬘、紫の上、秋好中宮などから次々に四十賀が催されたのであった。このような光源氏庇護、管理からの脱却は光源氏の生の衰え、絶対的立場の弱まりを暗示していると考えられようか。[25]四十賀は祝う者たちの勢力を示し、祝われる者の老いへの焦燥感を浮上させるのである。

この四十賀と並行する形で女三の宮降嫁は行われる。親子ほど齢の離れた光源氏と女三の宮との結婚が、玉鬘が四十賀(26)を催し、若返りを願う若菜を進上した「若菜まゐりし西の放出」で行われたことは、老いへの反発とも読み取れる。

かくて二月の十余日に、朱雀院の姫宮、六条院へ渡りたまふ。この院にも、御心まうけ世の常ならず。若菜まゐりし西の放出に、御帳立てて、そなたの一二の対、渡殿かけて、女房の局々まで、こまかにしつらひ磨かせたまへり。（若菜上④六一〜六二頁）

女三の宮降嫁の際に用いられた東南の町の西二対については若菜巻まで記述がなく、代表的な池浩三説と玉上琢弥説では位置が異なる、不明な点が多い空間である。(27)東南の町の御殿は寝殿を中心に東西の対をもつ寝殿造があり、後に空間的に余裕のある西の対に西二対を増築したのだろうか。女三の宮降嫁はこの西二対までを用い、女房の局にまで細やかに心を配り、「渡りたまふ儀式いへばさらなり」（若菜④六二頁）と盛大な儀式であった。神聖な姫宮を得て、光源氏はその威光を保持するのである。『源氏物語』では明石の姫君の裳着、光源氏四十賀、女三の宮降嫁など盛大な儀式、光源氏の権力のつなぎ目に「放出」が描写される傾向にある。

もう一つ、『源氏物語』において特徴的な「放出」は仏事に関わるものである。「寝殿とおぼしき東の放出に修法の壇塗りて、北の廂におはすれば、西面に宮はおはします」（夕霧④三九八頁）と、夕霧巻では小野山荘の東の「放出」に修法の壇を塗り重ねて築き、物の怪に憑かれた一条御息所が北の廂に、落葉の宮が母屋の西面にいるとされる。小野山荘は「寝殿とおぼしき」と本式の寝殿造ではないらしいが、東の「放出」に本尊と護摩を焚くための壇を築き聖空間を作り出している。

顧みれば、かつて盛大な婚姻の儀式が執り行われた「若菜まゐりし西の放出」も、鈴虫巻では仏事に関わる聖空間に変容している。

夏ごろ、蓮の花の盛りに、入道の姫宮の御持仏どもあらはしたまへる供養せさせたまふ。このたびは、大殿の君の御心ざしにて、御念誦堂の具ども、こまかにととのへさせたまへるを、やがてしつらはせたまふ。幡のさまなど、なつかしう心ことなる唐の錦を選び縫はせたまへり。紫の上ぞ、いそぎせさせたまひける。花机の覆ひなどのをかしき目染もなつかしう、きよらなるにほひ、染めつけられたる心ばへ、目馴れぬさまなり。夜の御帳の帷子を四面ながらあげて、背後の方に法華の曼荼羅掛けたてまつりて、銀の花瓶に高くことごとしき花の色をととのへて奉れり。名香には唐の百歩の衣香を焚きたまへり。（鈴虫④三七三頁）

「放出」という語こそないが、一時は夫婦として過ごした「夜の御帳」という日常空間が法会を催すための持仏堂という聖なる空間に変容していると解されている場面である。(28) 光源氏が細心の注意によって作り上げた聖空間が、女三の宮付の女房たちの振る舞いによって崩れるという読みもあるように、(29) 華麗な儀式とその内実は乖離している。光源氏がごく内輪だけでと考えていた供養は、今上帝や朱雀院からの布施もあり「いとところせきまでにはかになむ事広ごりける」（鈴虫④三七八頁）と大規模な法会になった。女三の宮降嫁の際には朱雀院の宝物や唐風の調度が多数用意されていたが、光源氏はこの持仏開眼供養を機に全て三条宮に移し、六条院に蓄えられた唐物によって飾られた法会を催す。しかし、六条院から放出された唐物尽くしの華麗な儀式は「光源氏の洗練された美意識を誇示する文化装置というより、むしろそのほころびの表象となってしまう」という指摘があるように、[30] これまでの「放出」が光源氏の権力と関連して描かれていたことを考え合わせて見ると、「放出」の語がないこの持仏開眼供養の場面は、もはや朱雀院の影響力、外部の力を排除しきれないという絶対的な立場であり続けた光源氏の地位の崩壊を示唆していると考えられる。盛大な儀式の運営は巨大な権力と不可分の関係にある。儀式が「放出」で行われることで、権力の盛衰を暗示させるのであろう。

官人日記等の資料では大臣大饗や賀宴の記録に「放出」がみられ、「放出」が儀式の場であったことが分かる。

③天徳元年四月廿二日、息所（藤原安子）於飛香舎、遂賀筭事、儀、
放出事、
未刻依垣下等催着座、其座在母屋故出（放ヤ）三間之中間、王卿座在東庇南東邊、北西面
（『九暦抄』[31]）

④天暦元年三月十六日太皇太后御柏殿設法華八講十七日参朱雀院其殿ノ放出安置仏像列供具東廂ノ設《敷》ニ八僧ノ座ヲ

⑤承平七年十二月十七日陽成院七十御賀正殿ノ西ノ放出第三間立螺鈿倚子
（『李部王記』[32]）

③では異文である宮内庁書陵部蔵柳原本によると藤原安子が父師輔の五十賀を行った際に「放出」が用いられている。④⑤は共に『花鳥余情』所引『李部王記』の逸文である。④では法華八講の際、柏殿の「放出」に仏像を安置したとあり、⑤では陽成院七十賀で、西の「放出」に螺鈿の倚子を立てたと記されている。共に『源氏物語』の用例と酷似し、『源氏物語』の用例が史実に近い用法であることをうかがわせる。他にも賀宴の記述に「放

出」は見られ、『古今著聞集』[33]「仁平二年正月鳥羽法皇五十算の御賀の事」にも「肩にかけて舞てしりぞきけるを、右大臣童を扶持し給て、右の肩に御衣をかけ左手に笏をもちて、西對代の南のはなちいでにて、一曲を舞給けり。童、階のもとにおりたちて後、右大臣坤の庭にて舞踏し給けり」（三六三頁）と、「放出」で舞を舞った記述がある。

三　庭との境界

川本重雄氏は寝殿造から書院造の変化は、儀式用建築を居住用建築に変えていく工夫の積み重ねであると述べる。[34]太田静六氏もまた、寝殿造は大饗などの饗宴や儀礼を旨として造られたものであると捉えている。[35]平安時代の寝殿造は自在に間仕切りが変化する内部空間と庭が連続する空間であり、正月大饗をはじめとして、様々な儀式がここで行われていた。『年中行事絵巻』の「大饗の図」「臨時客の図」などは、東三条殿における儀式の場面を描写したものである。東三条殿は永延元年（九八七）に再建され、道長の所有となってからは一族の公的行事を行うための邸として機能するだけではなく、[36]一時的に里内裏としても使用された。絵巻図から、どの儀式も南庭を含んだ形で行われていることが知られる。南庭で儀式や行事があるときには簀子が物見の席になり、南廂が上達部の御座になるように、「放出」を含め建物の中でも最も外側にあたる部分が儀式の場になるのである。廂や簀子は着座する位置によって序列が視覚化された政治的な意味を持つ場であった。[37]

『紫式部日記絵巻』もまた、現存二十四図のうち半数以上が庭を含む屋外の情景を描く。舟遊びや管絃を奏する上達部、禄を賜る殿上人など、徳川・五島本「源氏物語絵巻」と比較すると、儀式にまつわる庭を印象的に描いている。『紫式部日記』本文も中宮彰子の御産に関わる儀式を詳細に記録していることから、本文を忠実に絵巻に再現したと考えられる。しかし、「強大な政治的権力を持ち、壮麗な庭で盛大な儀式や遊宴を主催する、過去の偉大な権力者へのまなざしによって画面は構築されている」と指摘があるように、(38)『紫式部日記絵巻』は意図的に庭を含む屋外の情景が選択されていると類推される。蘇我馬子の築いた庭が人々の評判になり、馬子を「島大臣」と称した逸話が『日本書紀』に残るように、古代から庭は権力を象徴する場であった。『紫式部日記絵巻』に描かれる土御門邸の華麗な庭の様相は儀式運営者としての道長の政治的権力を暗示しているのである。

一方で、十二世紀前半成立したとみられる『今昔物語集』では、『源氏物語』のように盛大な儀式と「放出」が関連する用例はみられない。

⑥『今昔物語集』巻第一九　三条太皇太后宮出家語第一八

聖人罷出ナムトテ大夫ノ前ニ袖打合テ居テ云ク、「年罷リ老テ、風重クテ、今ハ只利病ヲノミ仕レバ、参ルニ不能ズ候ヒツレドモ、態ト思シ食ス様有テ召シ候ヘバ、相構テ参リ候ヒツレド、難堪ク候ヘバ忩ギ罷リ出候フ也」トテ出ヅルニ、西ノ対ノ南ノ放出ノ簀子ニ築居テ、尻ヲ掻上テ楾ノ水ヲ出スガ如ク痢リ散ス。

（『今昔物語集』②五一六頁）

⑦『今昔物語集』巻第二四　北辺大臣長谷雄中納言語第一

而ルニ、大臣或時ニ、夜ル箏ヲ弾給ヒケル、終夜心ニ興有テ弾給フ間、暁方ニ成テ、難キ手ノ止事無ヲ取出テ弾給ヒケル時ニ、我ガ心ニモ、「極ジク微妙シ」ト思給ケルニ、前ノ放出ノ隔子ノ被上タル上ニ、物ノ光ル様ニ見ケレバ、

（『今昔物語集』③二四五頁）

⑥は円融天皇皇后遵子、⑦は嵯峨天皇皇子源信に関する逸話であるが、他にも「放出」の記載は醍醐天皇や平貞盛の逸話にもみえている。『今昔物語集』の事例を単純に十二世紀前半のものと扱うことはできないが[39]、時代の変遷によって、建物構造自体がいわゆる寝殿造から書院造へ変化したことを鑑みるとき、『今昔物語集』成立当時、「放出」の形態が説話の登場人物生存の頃とは大きく異なっていたと考えられる。川本氏が説くように可動式の隔ての道具によって大きな間を幾つかに仕切っていた様式から、造り付けの仕切りによって内部空間を細分化させた様式に建物が変化したと仮定するならば、「放出」もまた独立した一つの空間になったと推察される。『今昔物語集』には他の物語資料や官人日記には見られない「放出ノ間」（五例）、「放出ノ方」（四例）という特有の表現があり、⑥の「西ノ対ノ南ノ放出ノ簀子」、⑦の「前ノ放出ノ隔子」など「放出」に格子や簀子があることから、この頃既に「放出」が一つの空間として捉えられていると想定できるのである[40]。『今昔物語集』の用例⑥⑦とも明らかに盛大な儀式の場の要素はなく、区切られた「放出」はもはや儀式には不向きなのである。

このような中世作品に見られる「放出」も庭に隣接していたことが確認できる。「前ニ放出ノ広庇有ル板屋ノ平ミタルガ、前ノ庭ニ籬結テ、前栽ヲナム可有カシク殖テ、砂ナド蒔タリ。賤小家ナレドモ故有テ住成シタリ。寛蓮放出ニ上テ見レバ、伊与簾白クテ懸タリ」（『今昔物語集』③二五五頁）では「放出」の目の前が「前ノ庭」であったと知られ、『今鏡』[41]「絵合の歌」でも「時光が放出に笛譜ひてゐたりけるに、武能庭にゐて上らざりければ」と、庭と隣接していることがうかがい知れる。先述した『古今著聞集』の例でも右大臣が「放出」で舞を舞い、階を降りて「坤の庭」でも舞踏しているように、建築構造が変化しても庭との境界に「放出」はあったと考えられるのである。

⑥の用例は円融天皇の皇后、遵子の戒師に招かれた増賀の奇行譚であり、傍若無人な増賀の振る舞いが、俗世間

を超越した聖僧として誇張されている。また⑦の用例では筝の名手であった北辺の大臣源信が、ある夜秘曲を演奏すると、それをめでた天人が降臨したという。「放出」における怪異譚ともいうべき用例は、先述した『うつほ物語』で俊蔭の娘の琴の弾奏によって天変地異が起こったことと類似する。古代、「には」とは「沙庭」「斎庭」の例が記紀に見られるように、祭祀儀礼の場であり、霊的なものが降臨する場であった。「放出」の場が時代によって変化しているようであるが、霊的なものが降臨する庭との境界性が、「放出」の描写にも影響を及ぼしているのではないか。境界での怪異譚が説話などを中心に数多く存在することからも、(42)「放出」―境界―怪異譚といった流れがあることが認められよう。怪異譚によって、「放出」の境界性がより際やかになるのである。

『源氏物語』の用例に立ち戻れば、「放出」が繰り返し描写された四十賀も内部空間と庭を同時に使う儀式であった。①の玉鬘主催の四十賀では公の行事に必ず用いられる「倚子」を立てず、朱雀院の病に配慮して楽人を召さないなど、出来るだけ私的な儀式として行われていた。だが、②の二条院で行われた紫の上主催の四十賀では『新儀式』「奉賀天皇御算事」の儀式次第に雅楽寮の楽人を召し、日華門と月華門との両方から参入して庭上で奏楽をする記載があると同様に、楽人を召している。(43)

> 未の刻ばかりに楽人参る。万歳楽、皇麞など舞ひて、日暮れかかるほどに、高麗の乱声して、落蹲の舞ひ出でたるほど、なほ常の目馴れぬ舞のさまなれば、舞ひはつるほどに、権中納言、衛門督おりて、入り綾をほのかに舞ひて、紅葉の蔭に入りぬるなごり、飽かず興ありと人々思したり。
>
> （若菜上④九五頁）

ここでは権中納言、衛門督が庭に下り、舞を舞ったとある。『源氏物語四季賀絵巻』の「賀」にあたる場面は、

図3　『源氏物語四季賀絵巻』住吉具慶筆（東京国立博物館所蔵 Image : TNM Image Archives）

この夜、楽人たちが褒美に白い装束を賜り、肩にかけて池畔を帰っていくところである。「寝殿の放出を例のしつらひて」と、「放出」を算賀の儀式をするように設え、さらにその前に広がる庭を儀式空間として用いていたのであった。『源氏物語』では男踏歌など庭の描写を伴う儀式が多く描かれている(44)。Ⅰで詳述しているように、霊的なものが降臨する始原的な場、神聖な場であった庭は水景技術の発達によって、「しま」と称されるようになり、神仙思想や仏教の影響から、神仙境や浄土世界に見立てられていった。平安期になると寝殿造の様式化によって、霊的なものが降臨する場から儀式の場へその機能を強めていく。

松井健児「蹴鞠の庭」は、「庭」と対置する空間を「殿上」と規定し、六条院寝殿の「殿上」と「庭」の対置から「まったく異なった秩序の支配する空間」を読み解いている(45)。氏によれば「庭」が単独で機能しているのではなく、「庭」とつながるものとの関係性によって、「庭」の機能が発現するということなのだろう。

南庭ををく事は、階隠の外のハしらより、池の汀にいたるまで六七丈、若内裏儀式ならば、八九丈にもをよぶべし。拝礼《(の)》事用意あるべきゆへ也。但《ただし》一町の家の南面に、いけをほらんに、庭を八九丈をかバ、池の心いくバくならざらん歟。よく〳〵用意あるべし。[46]

平安中期に成立した最古の庭園秘伝書『作庭記』の冒頭には、内裏の儀式用の南庭に拝礼のための空間が必要であると指示している。庭は儀式空間としての機能を強く生かして造られているのである。[47]庭と隣接し、内と外の境界空間である「放出」は、このような庭の特性を強く反映した邸の一部分である。室町末期から桃山時代に完成した建築様式である書院造では接客空間が独立し、室内の床飾りなどの発展、様式化によって、儀式は室内だけで行われるようになった。[48]儀式が庭から建物内部へと移行したことで、儀式の場であった庭も鑑賞的要素の強い、枯山水庭園へと発展していく。[49]そして「放出」もまた室町期以降の寝殿から姿を消し、実態が不明となったが故に、その解釈が混乱していったのである。

註

（1）『家屋雑考』の引用は新訂増補故実叢書（明治図書出版、一九五一年）による。
（2）川本重雄「寝殿造の成立とその展開」（倉田実編『王朝文学と建築・庭園』竹林舎、二〇〇七年）一二頁。
（3）京楽真帆子「『寝殿造』はなかった」（朝日百科日本の歴史別冊『歴史を読みなおす十二　洛中洛外―京は〝花の都か〟―』朝日新聞社、一九九四年）二八頁。
（4）『紫明抄・河海抄』（角川書店、一九六八年）。
（5）出居に関しては、稲垣栄三「寝殿造に於ける接客部分」（『日本建築學會研究報告』一九四九年十一月。後に稲垣栄三著作集三『住宅・都市史研究』（中央公論美術出版、二〇〇七年）所収）、太田博太郎「出居について」（建築史研究会編『建築史研究』彰国社、一九六四年九月）、飯淵康一・永井康雄・吉田歓「元服会場としての寝殿、対、出居・曹司・侍所―平安期貴族住宅の儀式空間について（一）―」（『日本建築学会計画系論文集』二〇〇一年十二月）などの考察がある。
(6) 伊井春樹編『松永本　花鳥余情』（桜楓社、一九七八年）。
(7) 伊井春樹編『内閣文庫本　細流抄』（桜楓社、一九七五年）。
(8) 新訂増補故実叢書『貞丈雑記』（明治図書出版、一九五二年）。
(9) 日本随筆大成別巻『嬉遊笑覧』（吉川弘文館、一九七九年）。
(10) 新訂増補故実叢書『筆の御霊』（明治図書出版、一九五二年）。
(11) 『角川古語大辞典』第四巻（角川書店、一九九四年）。
(12) 『うつほ物語』の諸本は誤写、脱落、錯簡が多く、この部分も流布本である岡本文庫本や萩野本、及び九大本系全般は「はなちいて」、岡本文庫本、萩野本、本居氏本以外の流布本、静嘉堂文庫本は「はいて」、本居氏本は「はいてん」と記す。
(13) 『うつほ物語　全（改訂版）』（おうふう、一九九五年）九二二頁、注5参照。
(14) 中村秋香『落窪物語大成』（成蹊学園出版部、一九二三年）では「平日来賓の接見所、といふ名にて即ち今いふ應接所の類とみてあるべし」とある。
(15) 『国文目白』二〇〇六年二月、五二頁。『落窪物語』の用例から「放出」は常にハレの場に限定されて用いられているわけではないと説き、本章とはやや見解を異にする。
(16) 註（2）に同じ。川本重雄前掲論文。
(17) 戸谷高明「万葉の庭園」（『万葉景物論』新典社、二〇〇〇年）など。併せてII「1『万葉集』の庭」参照。
(18) 中西進『万葉集』(四)（講談社文庫、一九八三年）。
(19) 引用は『小右記』の逸文である。大日本古記録『小右記』十一（岩波書店、一九八九年）参照。
(20) なお、新編全集が当該箇所を「中宮のお住まいになる西の対の放出を御裳着の場所として設け」と訳しているように、既に設えられていた「放出」を裳着の儀用に整えたと解することもできる。
(21) 倉田実「『源氏物語』の建築語彙―寝殿造の構造―」(倉田実編『王朝文学と建築・庭園』(竹林舎、二〇〇七年)では『源氏物語』の「放出」はいずれも寝殿をさしており、梅枝巻の「東の中の放出」は異例であるという。
(22) 川名淳子「若菜巻 光源氏四十賀について(二)―玉鬘主催の賀を中心に―」(『立教大学日本文学』一九八五年七月)参照。
(23) 川名淳子「若菜巻 光源氏四十賀について(一)―紫の上主催の賀を中心に―」(『立教大学日本文学』一九八四年七月)参照。
(24) 武者小路辰子「若菜巻の賀宴」(『日本文学』一九六五年六月。後に『源氏物語 生と死と』(武蔵野書院、一九八八年)所収)四七四頁。
(25) 武者小路辰子前掲論文。
(26) 三田村雅子『源氏物語 物語空間を読む』(筑摩書房、一九九七年)。
(27) 池浩三説では西二対が西一対の横に置かれ、西南の町と繋がっているが、玉上琢弥説では西一対の後方に置かれ、東北の町と繋がっている。
(28) 新編全集『源氏物語』④頭註には「夜の御帳」について、「持仏堂の代りにした女三の宮の御帳台。寝殿の西の放出にある」と説明がある。
(29) 山口量子「鈴虫巻女三宮持仏開眼供養の位相―方法としての〈モノ〉―」(『玉藻』一九九一年十月)は光源氏が女三の宮出家の際に作り上げた持仏堂を聖なる空間と捉え、その崩れや修復を説く。
(30) 河添房江「女三宮物語と唐物―メディアとしての室礼と唐猫―」(『源氏研究』翰林書房、二〇〇五年四月。後に『源氏物語時空論』(東京大学出版会、二〇〇五年)所収)八六頁。
(31) 大日本古記録『九暦』(岩波書店、一九五八年)。
(32) 史料拾遺第三巻『吏部王記』(臨川書店、一九六九年)参照。

（33）引用は大系『古今著聞集』による。
（34）川本重雄「寝殿造と書院造―その研究史と新たな展開を目指して」（シリーズ都市・建築・歴史2　山岸常人他編『古代社会の崩壊』東京大学出版会、二〇〇五年）。
（35）太田静六『寝殿造の研究』（吉川弘文館、一九八七年）。
（36）川本重雄「東三条殿と儀式」（『日本建築学会論文報告集』一九七九年十二月。後に『寝殿造の空間と儀式』（中央公論美術出版、二〇〇五年）所収）。高橋秀樹「東三条殿の記憶―家の象徴、神楽、そして怪異―」（倉田実編『王朝文学と建築・庭園』竹林舎、二〇〇七年）など参照。
（37）川本重雄『寝殿造の空間と儀式』（中央公論美術出版、二〇〇五年）、飯淵康一『平安時代貴族住宅の研究』（中央公論美術出版、二〇〇四年）、飯淵康一『平安時代貴族住宅の研究　続』（中央公論美術出版、二〇一〇年）など参照。
（38）水野僚子「絵巻物にみる寝殿造―貴族の住空間をめぐる景観の意味と機能」（倉田実編『王朝文学と建築・庭園』竹林舎、二〇〇七年）三五六頁。
（39）林田孝和・原岡文子他編『源氏物語事典』（大和書房、二〇〇二年）の「放出」の項では『今昔物語集』や以後の作品は例証に適さないと指摘されているが、本章では『今昔物語集』の特殊な用例に建物構造の変化を読み取る。
（40）時田麻子前掲論文も「放出の間」「放出の方」という表現から、「放出」が一定の空間として確立していたのではないかとみている。
（41）日本古典全書『今鏡』（朝日新聞社、一九五〇年）二三四頁。新訂増補国史大系『今鏡　増鏡』第二十一巻下（吉川弘文館、一九四〇年）には「ときみつがはなち・でにふえつくろひてゐたりけるに。たけよしにはにゐてのぼらざりければ」とある。
（42）『日本霊異記』には橋に仏が現れた話や宇治橋に鬼が現れた話などがある。赤坂憲雄『境界の発生』砂子屋書房、一九八九年。赤坂憲雄「物語の境界／境界の物語―軒・道ちがえ・河原・峠のある風景」（赤坂憲雄編『方法としての境界』新曜社、一九九一年）など参照。

(43)『新儀式』は群書類従による。

(44)男踏歌についてはⅢ「2　男踏歌をめぐって」で論じている。

(45)『源氏物語の生活世界』（翰林書房、二〇〇〇年）四八頁。

(46)『作庭記』二二四頁。

(47)上田篤『庭と日本人』（新潮社、二〇〇八年）では、寝殿造を「庭の一部」と捉えている。

(48)註（2）に同じ。川本重雄前掲論文。

(49)『作庭記』によると平安期の枯山水は「池もなく遣水もなき所に、石を立つる事あり」と、水景に関係のない場につくられた石組であったが、室町中期以降の枯山水は水の全くない石と砂で造型された庭園をさす。

付

荒れゆく庭の物語

1『源氏物語』の門《かど》をめぐって――「葎の門」を起点として――

『源氏物語』では自然や風景は単なる背景ではなく、人々の心情を掻き立て、人々の思いと共鳴する空間として描写されている。(1)門もまた所有者の姿勢を表すものであると言及されているように、(2)人々の心情を投影する機能を持っている。『源氏物語』に描かれる門の場面は概ね中の品の女性の邸と、荒廃した邸に大別することができる。(3)本章では荒廃した邸に住む女性たちに主眼を置き、『源氏物語』の門の描写が頼るべき後見もいない、主を失った邸に住む女性たちの生き方や姿勢を表わしていることを明らかにしたい。特に、荒廃した邸を示す「葎の門」という言葉は『源氏物語』には三例しか用例がないが、そこに託されている意味を考えることで、『源氏物語』の門の場面描写が持つ意味を捉えることができるのではないかという見通しに立って物語を辿りみる。

一　門の機能

門とは建物の外郭の出入り口を示す言葉である。(4)類義語には建物の出入り口である「戸／門《と》」があるが、『万葉集』(5)には「門立てて戸も閉したるを何処ゆか妹が入り来て夢に見えつる」（三一一七）とあるため、上代から門と

「戸／門」には、明確な使いわけがあったことがうかがえる。(6) 本章では門に焦点をあて考察する。

平城京や平安京には羅城という外郭があり、正門である羅城門が京の外部と内部を結ぶ出入り口であったことや、大内裏・内裏が外部を築地によって区別しながら朱雀門・建礼門などの諸門によって外部と交通していたことなどから、外の世界との交通が門の重要な機能の一つであると考えられる。加えて、門前を意味する場合もあり、光源氏の詠歌には「あさぼらけ霧立つそらのまよひにも行き過ぎがたき妹が門かな」(若紫①二四六頁)と忍び所の女の門を叩き、聞き付ける人が居なかったため、邸の門前を素通りしかねるとある。

『枕草子』には大進生昌邸の門に言及する挿話がある。

大進生昌が家に、宮の出でさせたまふに、東の門は四足になして、それより御輿は入らせたまふ。北の門より女房の車どもも、まだ陣のゐねば入りなむと思ひて、頭つきわろき人もいたうもつくろはず、寄せて下るべきものと思ひあなづりたるに、檳榔毛の車などは、門小さければ、さばかりえ入らねば、例の筵道敷きて下るるに、いとにくく、腹立たしけれども、いかがはせむ。殿上人、地下なるも、陣に立ちそひて見るもいとねたし。(三三頁)

貴族の邸の外郭は築地であり、外構えの正門である総門、表門と寝殿との間に東西の長廊下を切り通して開いた中門など複数の門がある。この場面の門は屋根の付いた門扉からなる親柱の前後に控柱各二本を設けた四足門であった。狭い四足門で難儀した清少納言が門を大きく建てたことで繁栄を築いた「于定国」の故事を持ち出し、「家のほど、身のほどに合はせて侍るなり」(三四頁)と身分の程度に門を合わせていると答えた主の生昌をやり込めた記事は門の造りや門構えは権勢や地位と相関関係にあることを示している。すなわち、門とは家の地位や栄枯を如実に物語る装置なのである。門には「藤原ながら門分かれたるは、列にも立ちたまはざりけり」(『紫式部日記』一五九頁)のように一門・一族を意味する場合もあるが、これは権勢や家の地位を象徴する門の意味から派生したものと推測される。

王朝文学において門が担う大きな特徴は門の開閉をめぐる男女の攻防である。『蜻蛉日記』には「二三日ばかりありて、あかつきがたに門たたく時あり。さなめりと思ふに、憂くて、開けさせねば、例の家とおぼしきところにものしたり」(二〇〇頁)と町小路の女のもとに通う兼家に怒り、後日、自らの元を訪問した兼家を門を開けずに邸内に入れなかったという一文がある。ここから、閉じられた門に道綱母の心情が託されていると考えられる。

『源氏物語』には四十一例の門の用例がある。「かたじけなくとも、なほこの門ひろげさせたまひて」(薄雲②四六一頁)、「そこにこそは、門はひろげたまはめ」(幻④五四一頁)などと、秋好中宮と夕霧に光源氏が一門の繁栄を託す場面以外の用例は全て大内裏・内裏を囲む諸門ではなく、個人の邸宅の門をさす。また、門の描写が荒廃した邸の門と中の品の女性の邸宅の門に概ね大別できるのも『源氏物語』の門の特徴であるといえる。特に荒廃した邸を示す「葎の門」という言葉は中の品の女性の話題の際に用いられ、両者の共通項のように物語の中で作用している。『源氏物語』が個人の邸宅の門を一貫して描写するということは、外の世界との交通機能よりむしろ、その家の権勢や、登場人物の心情を語る装置としての門の機能を重要視しているといえる。

二　帚木巻「葎の門」を始発として――夕顔邸の門前――

そもそも葎とは蔓性の雑草の総称で蓬や浅茅と共に邸のみすぼらしさや荒廃の象徴的な景物として描かれている。(7)勅撰集には「今さらにとふべき人もおもほえず八重葎して門鎖せりてへ」(『古今集』・九七五)、「八重葎鎖してし門を今更に何にくやしくあけて待ちけん」(『後撰集』・一〇五五)など、八重葎が邸の門を閉ざすという表現がある。「葎の門」という表現は、これらの歌群から派生した表現であるといえる。(8)「葎の門」とはつる草の葎がまとわりついて茂っている門のことをいい、葎で閉じられ門も開かないような荒廃した邸の事をさす。荒れた家、零落した家の象徴でありながら恋歌によく詠まれ、恋の情趣が葎という庭の景物に表現される。『源氏物語』における最初の「葎の門」は雨夜の品定めの発言の中にある。

さて、世にありと人に知られず、さびしくあばれたらむ葎の門に、思ひの外にらうたげならむ人の閉ぢられたらむこそ限りなくめづらしくはおぼえめ。いかで、はたかかりけむと、思ふより違へることなむあやしく心とまるわざなる。(帚木①六〇頁)

右の引用は左馬頭の女性論であるが、ここでは荒廃した邸で意外にも美しい人を見つけ出すことがあったら、これ以上すばらしいことはないという。中の品の女性たちの魅力を語る雨夜の品定めは直後に空蟬、夕顔と中の品の女性たちが物語の表舞台に登場するように、物語の伏線と見ることができる。荒廃した邸に思わず美しい女性を発見するという発想から踏まえると、粗末な「檜垣」で囲まれた邸に住む夕顔は「葎の門」が意味する女性像と一致する、「葎の門」の内実を背負う女性である。(9)

御車入るべき門は鎖したりければ、人して惟光召させて、待たせたまひけるほど、むつかしげなる大路のさまを見わたしたまへるに、この家のかたはらに、檜垣といふもの新しうして、上は半蔀四五間ばかり上げわたして、簾などもいと白う涼しげなるに、をかしき額つきの透影あまた見えてのぞく。立ちさまよふらむ下つ方思ひやるに、あながちに丈高き心地ぞする。いかなる者の集へるならむと様変りて思さる。御車もいたくやつしたまへり、前駆も追はせたまはず、誰とか知らむとうちとけたまひて、すこしさしのぞきたまへれば、門は蔀のやうなる押し上げたる、見入れのほどなくものはかなき住まひを、あはれに、いづこかさしてと思ほしなせば、玉の台も同じことなり。

（夕顔①一三五〜一三六頁）

夕顔邸の門前での出来事は大弐の乳母邸の鍵を探していた惟光が光源氏を門前で待たせた間のことである。大弐の乳母邸の門は閉じられていたが、傍らの夕顔邸は「門は蔀のやうなる押し上げ」てあり、家の内部を見通すことができた。開かれている門から容易に従者の侵入を許してしまうのは、夕顔が光源氏を受け入れていく布石である。(10)この「ものはかなき住まひ」である五条の夕顔邸を「玉の台も同じことなり」と語るが、これはおそらく「何せむに玉の台も八重葎はへらむ宿に二人こそ寝め」（『古今六帖』・六）の引用であろう。引歌にある「八重葎」という言葉は本文には用いられていないが、この場面には荒廃を背景にした恋の情趣が表現されているのである。門にまつわる話として、『大和物語』「五条の女」は「葎の門」の先行する類型であると指摘されている。(11)

良岑の宗貞の少将、ものへゆく道に、五条わたりにて、雨いたう降りければ、荒れたる門に立ちかくれて見入るれば、五間ばかりなる檜皮屋のしもに、土屋倉などあれど、ことに人など見えず。歩み入りて見れば、階の間に梅いとをかしう咲きたり。鶯も鳴く。人ありとも見えぬ御簾のうちより、薄色の衣、濃き衣、うへに着て、たけだちいとよきほどなる人の、髪、たけばかりならむと見ゆるが、

よもぎ生ひて荒れたる宿をうぐひすの人来と鳴くやたれとか待たむ

とひとりごつ。（四一七～四一八頁）

この話は僧正遍昭が出家する直前の話として残されている。雨宿りをした五条付近の「荒れたる門」の家は「檜皮」で屋根をふいた粗末な建物であった。「荒れたる門」が開いていたので少将は簡単に邸内に侵入してしまう。「五条の女」は親と同居していたが、来訪者の接待もできないほど貧窮していた。源氏は夕顔邸の「ものはかなき住まひ」に「あはれ」を感じていたが、少将もまた荒廃した女の生活を「いとあはれ」と思い、世話をするようになった。五条という場所、粗末な建物、開いている門、邸内の様子など多くの点で夕顔邸の門前描写と類似する。経済的援助もなく粗末な「檜垣」で囲われた夕顔邸の門前の描写には、このような先行世界の荒廃や零落といった背景が照射されている。

物語に二例目の「葎の門」が登場するのは末摘花巻である。末摘花巻は「思へどもなほあかざりし夕顔の露に後れし心地を、年月経れど思し忘れず」（末摘花①二六五頁）と夕顔物語の余韻によって始発する巻であるが、雨夜の品定めの発言以後、末摘花巻で「葎の門」が思い起こされるまでに雨夜の品定めの発言の影響をうけた夕顔の物語が

あったことを、まず確認しておく。

三 「葎の門」に住む醜女——末摘花邸——

夕顔を失った光源氏を慰める多くの恋人たちの一人として、故常陸宮の姫君である末摘花は物語に登場した。荒廃した邸に住む、身分高き麗人と思しき故常陸宮の姫君。「昔物語にもあはれなることどもありけれなど思ひつづけても」（末摘花①二六九頁）と荒廃した邸に一人残された姫君と男との間に恋物語が展開される「昔物語」を思い起こした光源氏の末摘花への幻想は、大輔命婦の情報操作と演出により、恋物語の成就という結果を迎えることになった。

御車寄せたる中門の、いといたうゆがみよろぼひて、夜目にこそ、しるきながらもよろづ隠ろへたること多かりけれ、いとあはれにさびしく荒れまどへるに、松の雪のみあたたかげに降りつめる、山里の心地してものあはれなるを、かの人々の言ひし［葎の門］は、かうやうなる所なりけむかし、げに心苦しくらうたげならん人をここにすゑて、うしろめたう恋しと思はばや、あるまじきもの思ひは、それに紛れなむかしと、思ふやうなる住み処にあはぬ御ありさまはとるべき方なしと思ひながら、我ならぬ人はまして見忍びてむや、わがかうて見馴れけるは、故親王のうしろめたしとたぐへおきたまひけむ魂のしるべなめり、とぞ思さるる。

（末摘花①二九五〜二九六頁）

しかし、「葎の門」は、かうやうなる所なりけむかし」と雨夜の品定めでの発言は一転し、荒廃した邸に美女ではなく、意外にも醜女を見つけることになる。自然と目が向いてしまうほど醜い容貌の末摘花から逃げるように邸を出た光源氏は、故常陸宮家の衰退のあり様を表わす「いといたうゆがみよろぼひ」た荒れ果てた門を目撃する。これまでに「いといたう荒れわたりてさびしき所」「荒れたる簀子」「荒れたる籬」などと繰り返された邸の荒廃は暗闇の中では目立つものではなかったのだろう。「夜目にこそ、しるきながらもよろづ隠ろへたること多かりけれ」と夜の闇が荒れ果てた門も、醜い末摘花も覆い隠していたのである。だが、光源氏は末摘花に不満を抱きつつも、「我ならぬ人はまして見忍びてむや、わがかうて見馴れけるは、故親王のうしろめたしとたぐへおきたまひけむ魂のしるべなめり、とぞ思さるる」と末摘花の世話を決心する。貧寒の中で暮らす醜女である末摘花に光源氏との関係を導いたのは故父宮の魂であったと物語は語る。しかし、故常陸宮邸の一連の門の描写を俯瞰したとき故常陸宮家の貧窮を象徴する、歪み傾いたこの門の様子もまた光源氏の救済を導く鍵となっている。

橘の木の埋もれたる、御随身召して払はせたまふ。うらやみ顔に、松の木のおのれ起きかへりてさとこぼるる雪も、名にたつ末のと見ゆるなどを、いと深からずとも、なだらかなるほどにあひしらはむ人もがなと見たまふ。御車出づべき門はまだ開けざりければ、鍵の預り尋ね出でたれば、翁のいといみじきぞ出で来たる。むすめにや、孫にや、はしたなる大きさの女の、衣は雪にあひて煤けまどひ、寒しと思へる気色ふかうて、あやしきものに火をただほのかに入れて袖ぐくみに持たり。翁、門をえ開けやらねば、寄りてひき助くる、いとかたくななり。御供の人寄りてぞ開けつる。

（末摘花①二九六頁）

邸から出て行くために外の正門が開くのを待っている光源氏は松に目を向ける。「松の木のおのれ起きかへりて」とあるように、光源氏は雪に埋もれた橘の木の雪払いを随身に命じているが、この松は自分から雪を振り落として跳ね返る。松の木のひそかな自己主張に光源氏は心を引かれ[12]、「あひしらはぬ人もがな」と普通に受け答えできる人がほしいと、まともに応対もできない末摘花とついつい比べてしまう。荒れ果てた中門を抜け、車を出すための外回りの堀にある門は門番である翁とその娘とも孫とも分からない女ばかりでなく、光源氏の従者の手伝いがなければ開かない門であった。滑りの悪いこの門は、後に葎で閉じられてしまうほど朽ち果てる門である。門の滑りの悪さは退出直前、光源氏の歌に返歌できず「ただ『むむ』とうち笑ひて、いと口重げなる」（末摘花①二九四頁）不出来な末摘花と照応するようである。力の弱い翁と女が開けなくてはいけないほど、末摘花には仕える従者がいない。それほど緊迫した状態であったことを、この門の記事は物語っている。しかも「寒しと思へる気色ふかうて」と女の衣は黒く煤け、その様子がさらに光源氏の同情を誘う。鍵もかけていないのに門が開かず、源氏は簡単には外の世界に出ることができない。少しでも長く邸内に引き留めるように、邸が意志を持って源氏を閉じこめているかのようである。故常陸宮邸の二つの門をめぐる記事は不出来な末摘花から逃げるように邸を出ていく光源氏に末摘花の零落した状況を繰り返し伝え、その救済を決意させる。源氏に対して、なかなか意志を主張できない引っ込み思案な末摘花の代わりに庭の松や門が代わりにひそかに主張し、まさに身体の延長のように邸が描かれている。この主張に応えるように光源氏はすぐに末摘花の生活に必要な実用品を贈るが、そのなかには門番の翁の衣まで用意されていた。以後、光源氏は末摘花の生活全般を支える生活援助者として「後見」をすることになる[13]。「魂のしるべ」を想起させるように亡き常陸宮が造園したこの庭こそが末摘花のもとへ光源氏を導いたのであった。

しかし源氏の須磨退居によって援助が途絶えると、生活は困窮し邸はますます荒廃した。「かかるままに、浅茅は庭の面も見えず、しげき蓬は軒をあらそひて生ひのぼる。葎は西東の御門を閉ぢ籠めたるぞ頼もしけれど、崩れがちなるめぐりの垣を馬、牛などの踏みならしたる道にて、春夏になれば、放ち飼ふ総角の心さへぞめざましき」（蓬生②三二九頁）と浅茅は庭を覆い尽くし、繁茂する蓬は高く生え上がり、葎は西東の門を閉ざす必要がないほど閉じてしまう。雑草が蔓延って門が閉ざされるというのは、もはや訪問者もいないことを意味する。伸び放題の葎が外の世界との出入り口である門を閉ざしているというのに、邸を囲む築地が崩れているので、そこが動物の通り道となり、春夏には敷地内で放牧までされる有様である。末摘花の叔母が訪問する際には「よき車に乗りて、面もち気色ほこりかにもの思ひなげなるさまして、ゆくりもなく走り来て、門開けさするより人わろくさびしきこと限りなし。左右の戸もみなよろぼひ倒れにければ、男ども助けてとかく開け騒ぐ」（蓬生②三三八頁）と左右の門扉は倒れ、門は開閉困難となっている。壊れかけた中門は「まして形もなくなりて」（蓬生②三四九頁）と既に跡形もなくなり、葎で閉じられていた門だけが何とか故常陸宮邸の名残を留めていたのであった。

葎で閉じられた邸内は旧来の生活を頑なに守る、門の外側の世界とは異なる「古代」の世界である。

もとより荒れたりし宮の内、いとど狐の住み処になりて、疎ましうけ遠き木立に、梟の声を朝夕に耳馴らしつつ、人げにこそさやうのものもせかれて影隠しけれ、木霊など、けしからぬ物ども所を得てやうやう形をあらはし、ものわびしきことのみ数知らぬに、まれまれ残りてさぶらふ人は、「なほいとわりなし。この受領どもの、おもしろき家造り好むが、この宮の木立を心につけて、放ちたまはせてむやと、ほとりにつきて案内し申さするを、さやうにせさせたまひて、いとかうもの恐ろしからぬ御住まひに、思し移ろはなむ。立ちとまりさぶらふ人もいとたへがたし」など聞こゆれど、「あないみじや。人の聞き思はむこともあり。生ける世に、しかなごりなきわざはいかがせむ。かく恐ろしげに荒れはてぬれど、親の御影とまりたる心地する古き住み処と思ふに慰みてこそあれ」と、うち泣きつつ思しもかけず。（蓬生②三二七〜三二八頁）

荒廃した邸は狐や梟の住処となり不気味さが増している。奇怪なものの住処となった邸に、わずかに残った女房たちは我慢が出来ずに、末摘花に邸の売却を懇願する。折しも、故常陸宮が造園した庭の木立に目をつけた受領たちから、邸の譲渡について打診があったが末摘花は邸に固執する。妖気漂う家になってしまったとしても、「親の御影とまりたる心地する古き住み処」と亡き父母の魂が宿る懐かしいこの家を人に譲ることなど末摘花には考えられない。地方で私腹を肥やした受領たちには財力があり、宮家の風流な趣味の高い文化に憧れて、邸の木立や調度といった宮家伝来の由緒あるモノに目をつけるが、(14)末摘花はその古さの中に父母の面影を想い、慰めを見出している。(15)荒廃した邸の内部は「さすがに寝殿の内ばかりはありし御しつらひ変らず」（蓬生②三三〇頁）と父宮在世の設備がそのまま残され、末摘花は凋落に耐えつつも邸を守ろうとしている。「古代のゆゑづきたる御装束」（末摘花①二九三頁）「御調度どもも、いと古代に馴れたるが昔様にてうるはしきを」（蓬生②三二八頁）「古代の歌詠みは、唐衣、袂濡るるかごとこそ離れねな」（玉鬘③一三八頁）などと、「古代」という言葉が末摘花の周辺には頻出する。さらに「常陸の宮の御方、あやしうものうるはしう、さるべきことのをり過ぐさぬ古代の御心にて」（行幸③三一三〜三一四頁）と二条東院に引き取られた後の末摘花の心までが一貫して「古代」といわれているように旧習を墨守し、荒廃した邸から離れようとしない末摘花の堅い意志をこの「古代」なる言葉が表しているのではないだろうか。(16)邸の荒廃、混乱、そういった環境変化にも動じることなく、蓬や葎といった雑草に封鎖されたここだけは時間が止まっているかのようである。

没落した宮家の姫君ではあっても受領とは身分が違うと叔母の援助を拒否する末摘花の姿からは、高貴な家門に生まれた誇り高き生き方が透かし見える。醜さばかりが強調されるのではなく、葎で閉じられた門の内部で旧来の生活を頑なに守り続け、困難な状況に耐える意志の強い女性として、新しい女性像を形成されているのである。末摘花巻で廃れた邸で醜女を見つけるという意外性が語られていたように、『源氏物語』では「葎の門」の意味が先行世界とは異なっている。先行世界の意味を裏返したことから、『源氏物語』における「葎の門」には先行世界の意味に捉われることなく、先行世界を基盤としながらも、新たな意味が付与されているのではないかと考えられる。つまり『源氏物語』は先行世界の零落や荒廃といった場面設定を取り込みつつも、困難な状況に耐える女性像を「葎の門」に投影させていると思うのである。

昔の御歩き思し出でられて、艶なるほどの夕月夜に、道のほどよろづのこと思し出でておはするに、形もなく荒れたる家の、木立しげく森のやうなるを過ぎたまふ。大きなる松に藤の咲きかかりて月影になよびたる、風につきてさと匂ふがなつかしく、そこはかとなきかをりなり。橘にはかはりてをかしければさし出でたまへるに、柳もいたうしだりて、築地もさはらねば乱れ伏したり。見し心地する木立かなと思すは、はやうこの宮なりけり。（蓬生②三四四頁）

須磨から戻った源氏は花散里のもとに向かう途中、「形もなく荒れたる家」と元の形が分からないほどに崩壊している家の前を通り過ぎようとすると、木立を吹く風に呼び戻される。松の大木にかかる藤の花の甘い香りに誘われるように外の風景を見ると、築地の崩れから見通される木立に見覚えがあると思い起こし、過去の記憶が蘇る。

この木立は「疎ましうけ遠き木立」と鬱蒼と生い茂った不気味な雰囲気を漂わせるものでありながらも、由緒正しき宮家に植えられた立派な木立として受領たちが譲渡を申し出ていたものであった。しかし、どんなに困窮しても荒廃しても末摘花が親の面影が宿る邸、またその木立に固執し手放さなかったことで、再び故常陸宮ゆかりの木立が源氏を末摘花のもとに導くのである。『作庭記』では樹木は「凡樹ハ人中天上の荘厳也」とあり、人間界において最上なものと定めている。樹木をこの世の無上なものと規定するのは「仏ののりをとき、神のあまくだりたまひける時も、樹をたよりとしたまへり。人屋尤このいとなみあるべきとか」と仏が説法をし、神が降臨したときも樹木を拠としたためであるという。『源氏物語』では松や桜、梅、杉、宿木などの樹木は登場人物と密接に関わりあい、樹木信仰が強く物語に投影されているのである(17)。

築地は『源氏物語』に二例しか用例がなく、もう一例は、やはり光源氏が不在の期間に邸が荒廃した花散里邸に用いられている。光源氏という庇護なくしては瞬く間に邸が荒廃するという点において末摘花も花散里も同じ境遇である。須磨に流離していた光源氏は長雨で花散里邸の築地が崩れたと聞くと京の家司に修理を命じているが、故常陸宮邸の築地は修理されることはなかった。ここから故常陸宮邸の崩れた築地は門の拡大版として読むことが可能であろうか。修理されなかった築地の内側から香ってくる藤の甘い香りが、光源氏の過去の記憶を揺り動かし、良心の呵責を呼び覚ますのである(18)。

源氏との再会後、見苦しかった外壁は「蓬払はせ、めぐりの見苦しきに板垣といふものうち堅め繕はせたまふ」（蓬生②三五三頁）と修復され(19)、末摘花の控えめな性格や光源氏に対する変わらぬ愛情が再評価される。環境の変化にも動じなかった末摘花は「古代」に固執する時代遅れの頑な女性という印象から一転して、心変わりすることなく待ち続ける素直で健気な女性として源氏の心を揺り動かしたのである。故常陸宮邸の一連の門をめぐる記事は困難な状況に耐えながら、変わらぬ心で光源氏を待ち続けていた末摘花の姿勢を表現していたといえよう。

四　「蓬がもととむすぼほ」る邸――朝顔の姫君邸――

御門守寒げなるけはひうすすき出で来て、とみにもえ開けやらず。これより外の男はたなきなるべし、ごほごほと引きて、「鎖のいといたく錆びにければ開かず」と愁ふるをあはれと聞こしめす。昨日今日と思すほどに、三十年のあなたにもなりにける世かな、かかるを見つつ、かりそめの宿をえ思ひ棄てず、木草の色にも心を移すよ、と思し知らるる。口ずさびに、

いつのまに蓬がもととむすぼほれ雪ふる里と荒れし垣根ぞ

やや久しうひこじらひ開けて入りたまふ。（朝顔②四八一～四八二頁）

『源氏物語』の門の用例には荒廃した邸が多く描かれる特徴があることは指摘した。蓬、葎、浅茅という荒廃した家を示す景物は末摘花邸、朝顔の姫君邸、落葉の宮邸、故八の宮邸など、主を亡くした宮邸に多く描かれている。(20) 朝顔の姫君邸の正門の錠がひどく錆びて簡単には開かず、下男もなく、門番が開門に難儀する様子や背景の雪景色など、光源氏が朝顔の姫君邸を訪問するこの場面は末摘花邸から光源氏が退出する場面と類似し、相関関係があるのではないかと思われる。

末摘花邸の荒廃の激しさは光源氏の同情を誘ったが、主を亡くした朝顔の姫君邸もまた邸が荒れて行く様子は世間よりずっと速かった。光源氏のこの時の訪問は十一月。式部卿宮の死は同じ年の夏である。九月の最初の訪問の

際にも「ほどもなく荒れにける心地して」（朝顔②四六九頁）とあるのだから、「昨日今日と思すほどに、三十年のあなたにもなりにける世かな」という光源氏の感慨は邸内の時間が急速に流れていることを意味する。(21)錆びた門の内部は父宮の死によって後見を失い「宮の内いとかすかになりゆくままに」（朝顔②四八八頁）と筆頭宮家としての求心力が急速に失われて、次第に世間からは取り残されていく。

朝顔巻には女五の宮と源典侍という二人の老女が登場しているように、朝顔の姫君邸は「老人の邸」という雰囲気を漂わせている。(22)朝顔の姫君と桃園で暮らす女五の宮が姉である大宮より老いていると語られるのは、蕭然とした朝顔の姫君邸の様子を別角度から照らし出しているためである。「古りたまへ」「古りめきたる」と繰り返される老いと「いにしへ」「昔」「古事」と連鎖されていく時間経過の言葉は朝顔の姫君の周辺が時代に取り残されていることを示唆する。つまり、「古代」の世界にあり続けた末摘花と朝顔の姫君は同じ位相にいるといえるのである。

朝顔の姫君邸の門の描写場面は朝顔巻において少なくとも二度目の訪問にあたる。朝顔の姫君側では他者からの誤解を招かないために「北面の人しげき方なる御門は入りたまはむも軽々しければ」（朝顔②四八一頁）と通用門をわざわざ避け、錆びた正門から光源氏を招きいれていた。この時に光源氏は朝顔の姫君に求婚したのであるから、人目を避ける北面の門ではなく、錆びた正門で光源氏を迎えるという選択に光源氏と朝顔の姫君の関係性は凝縮されている。「やや久しうひこじらひ開けて」と「ごほごほ」とさびて開かない正門を、強引に引っ張ってようやく門が開いたのは、朝顔の姫君の心理的な抵抗とその後の展開を暗示しているのであろう。錆びついた正門の様子からはこの邸が長い間、賓客を迎えていなかったことがうかがえる。和歌によまれる「雪ふる里」の「ふる」には「降る」と「古る」が掛けられ、「雪が降る」と「ふる里」が掛詞となっている。「ふるさと」は古くなった家、荒れ果てた家という意味があり、前斎院の住まいとして宮家としての誇りを保ちつつも、垣根には蓬が繁茂し荒れ果てていく寂しげな様子が押し出されている。

残酷なほどの時の流れが邸の荒廃を誘い、そして姫君自身も女性としての盛りを過ぎていく。[23]

昔、我も人も若やかに罪ゆるされたりし世にだに、故宮などの心寄せ思したりしを、なほあるまじく恥づかしと思ひきこえてやみにしを、世の末に、さだ過ぎつきなきほどにて、一声もいとまばゆからむ、と思して、さらに動きなき御心なれば、あさましうつらしと思ひきこえたまふ。（朝顔②四八五頁）

朝顔の姫君は光源氏の求愛を「世の末に、さだ過ぎつきなきほどにて」と女性としての盛りが過ぎたことを理由に拒んだ。十数年前、共に年も若く、正妻であった葵の上も亡くなり、父の式部卿宮も朝顔の姫君を源氏に嫁がせようとしていたほど、二人の結婚には当時何の障害もなかった。それでも「なほあるまじく恥づかし」と源氏に魅かれながらも、あえてその求婚を拒んだという過去があった。齢を重ねた今はなおさら気後れして源氏の求婚を受け入れることなどできない。「ごほごほ」と錆び付いてなかなか開かなかった朝顔の姫君邸の正門が「さらに動きなき御心」の姫君自身の心情と共鳴、共振しているのである。[24]

ところで、末摘花の門をめぐる記事と朝顔の姫君の門をめぐる記事。父宮を亡くし、有力な後見もなく、寂れていく邸に暮らす二人の宮家の姫君の門をめぐる挿話には相関関係があるのではないかと先に疑問を呈した。朝顔の姫君は源氏の再度の訴えにも「昔に変ることはならはずなん」（朝顔②四八六頁）と頑なに拒否を重ね、昔の考えを変えない、心変わりをしない女性として描かれている。これは末摘花と酷似し、共に昔のままに心を動かさない女性として対照的に描かれているといえるだろう。末摘花は光源氏に見捨てられても待ち続けた醜女であり、朝顔の姫君は光源氏に求婚されても拒み続けた美女である。朝顔の姫君の前斎院という高い身分は、同じ宮家ではあっても没落した末摘花とは差があり、苦悩や哀愁とは無縁のようにも見える。しかし朝顔の姫君の頑固な志操の堅持とは、光源氏に冷たい仕打ちを受けた六条御息所の二の舞にはなるまいという深慮あってのことであり、そこから光源氏への思いと矜持との狭間で苦悩する朝顔の姫君の姿が浮き彫りになる。(25) 宮家という高貴な家門に生まれた誇り高き二人を、一方では光源氏を待ち続け、もう一方では光源氏を拒否するという対立的構図の中に置くとき、類似する寂しげな門の様子は苦悩や哀愁を抱える二人の姿を炙り出してくるのである。

門の表現構造に目を向けると門の鍵が見当たらないことや門を開けることにてこずっていることなど、鍵や錠に関することが繰り返され、共に光源氏が門前で待たされることを含めて、夕顔邸の門前描写にも類似性があることに気付く。『源氏物語』の門の用例を鑑みるとき、夕顔―末摘花―朝顔の姫君と細いが一筋の流れが浮上してくるのである。(26)

五　結びにかえて

『源氏物語』の最後の「葎の門」の用例は玉鬘の感慨の中にある。「尚侍の君対面したまひて、『かくいと草深くなりゆく葎の門を避きたまはぬ御心ばへにも、まづ昔の御こと思ひ出でられてなん』など聞こえたまふ、御声あてに愛敬づき、聞かまほしういまめきたり」（竹河⑤一〇七～一〇八頁）と髭黒という主を失い、権勢から取り残された一門の悲しみを込めて、玉鬘は自邸を「葎の門」に譬えている。邸の荒廃の程度は違うが、主を失って後見もなく、次第に権勢から遠ざかり人々から忘れられていく状況に耐える女性像を『源氏物語』の「葎の門」は結んでいる。

身分、境遇、容姿が異なるが夕顔も末摘花も朝顔の姫君も廃れていく邸と共に、自身もまた世間から忘れられていく女性たちである。門が所有者の姿勢を表す機能をもつことを踏まえながら、『源氏物語』の門の表現構造を振り返るとき、荒廃した邸に住む女性たちが自らを忘れていく世間に対して、自らの生き方や姿勢を門の様子に投影させていることに思い当たる。つまり『源氏物語』の門には頼りない人々の声にならない思いを投影する自己表現装置としての機能があるように思われるのである。立場の異なる女性たちが光源氏と対峙したとき、どのように考え、どのような姿勢で臨むのかという思いと門の描写は関連している。朝顔の姫君邸の訪問を最後に光源氏が女性の住む邸を訪問する場面が描かれなくなるが、同時に女性が住む邸の門の描写も描かれなくなる。これは光源氏が自身の邸に女性たちを迎え入れ、光源氏の裁量下に置かれた女性たちは自らの意思の示しようがなくなったことを意味しているのではないだろうか。

雨夜の品定めの直後、光源氏が初めて出会う中の品の女性は空蟬である。受領の妻である空蟬は、もとは故衛門督の娘であった。没落した上流貴族の娘。それが空蟬の位置付けである。夕顔も故三位中将の娘であり、末摘花も故常陸宮の姫君といずれも上流貴族の零落した階層にいる。哀愁や苦悩が漂う、それらの人々に『源氏物語』は心を寄せている。

女一人住む所は、いたくあばれて、築地なども、またからず、池などある所も、水草ゐ、庭なども、蓬にしげりなどこそせねども、所々、砂子の中より青き草うち見え、さびしげなることあはれなれ。物かしこげに、なだらかに修理して、門いたくかため、きはぎはしきは、いとうたてこそおぼゆれ。

（二九九頁）

『枕草子』「女一人住む所は」は孤独な生活を送る女性の身の処し方に言及する。女性がひとりで住む邸は修理をし、門をきちんと閉じて周囲を警戒するよりも築地が崩れるなど、夕顔邸や「五条の女」の邸のように「あはれ」を感じる範囲にとどめておくことがいいと述べる。『枕草子』は孤独な姫君たちの典型的な境遇に心を寄せていることをうかがわせる。(27)『源氏物語』もまた寂しげな邸の門の場面を繰り返し描き、廃れた邸にひとり残された姫君たちに関心を寄せているが、それは没落した階層に置かれ、苦悩や憂愁が漂っている人々に関心を傾けているからである。

光源氏は女性の邸の門前で三度も待っている。門の内側から発せられる頼りない人々からの微かな思いを受け止めているかのようである。門は両者を仕切るものではなく、内と外を閉ざし、同時に結び付ける、門を挟む「両者の永続的な交流」を可能にするものである。(28)『源氏物語』の門の場面が後見もいない、頼りない人々の思いを内側から発する自己表現装置であるとするならば、その門前で待つ光源氏の姿は、そのような人々の思いをすくいとり、どのように関わっていくのか、門を挟む両者の交流の在り方を示唆するものであろう。『源氏物語』の門の場面は光源氏側の問題としても残されている。

註

(1)　秋山虔「源氏物語の自然と人間」(『王朝女流文学の世界』東京大学出版会、一九七二年)は「人間の内面が自然のかたちをとり、自然のかたちが人間の内面の表象である」(六七頁)という。広川勝美「廃園の姫君」(『講座源氏物語の世界』第四集、有斐閣、一九八〇年)では「『源氏物語』における廃園は、ただの物語の背景としてあるのではない。それは人物像の根幹にせまる本質的な方法である」（四一頁）と説く。

（2）三田村雅子「〈門〉の風景―額縁・枠取りとして―」（『枕草子　表現の論理』有精堂出版、一九九五年）は『枕草子』の門の描写に注目する。なお『源氏物語』の門については、小林正明「自閉庭園の美しき魂―朝顔姫君論」（鈴木日出男編『人物造型からみた『源氏物語』』至文堂、一九九八年五月）が朝顔の姫君邸の門の場面を中心に論じている。近年では安原盛彦『源氏物語空間読解』（鹿島出版会、二〇〇〇年）、神尾暢子「源氏物語の門―情感の創造―」（『源氏物語の展望』第一輯、三弥井書店、二〇〇七年）がある。

（3）中の品の女性の邸の門の描写はそれぞれ、中流の女性の邸二例、空蟬邸一例、夕顔邸一例、忍び所の女性邸二例、中川の女邸一例、浮舟の三条の隠れ家三例の用例があり、荒廃した邸の門を示すものは、故桐壺更衣邸一例、なにがしの院一例、末摘花邸七例、朝顔の姫君邸二例などがある。右の用例以外では大弐の乳母邸二例、故大納言邸一例、二条院（光源氏）一例、六条院四例、頭中将邸一例、玉鬘邸二例、宇治八の宮邸一例、二条院（匂宮）二例、三条宮一例、大学寮一例がある。

（4）『倭名類聚抄』には「門和名加度所以通出入也」、『類聚名義抄』には「門莫比反、カト、モン」とある。

（5）以下、和歌の引用はおおむね『新編国歌大観』に拠ったが、一部表記について私に改めた箇所もある。

（6）西宮一民「上代一音節語の研究―「門《ト》」の場合―」（『皇学館大学紀要』一九七二年十月）は元来、戸とは狭く括れて細くなっているような形態を指し、「出入り口」の称であったが、特に、その出入り口に建てられる建物、すなわち門をさす意味も発生したと説く。

（7）秋山虔編『王朝語辞典』（東京大学出版会、二〇〇〇年）「葎」四二八頁。蓬が邸の荒廃そのものであるのに対し、葎は人の来訪を待つ場所のイメージを多く持ち、訪ねる者もない寂しさの表象となる場合が多いという。

（8）石井正己「さびしくあばれたらむ葎の門に、思ひのほかに―昔物語を追体験する」（『国文学』二〇〇〇年七月）参照。なお『新編国歌大観』（角川書店CD―ROM版）に拠ると「葎の門」を含む和歌は五十首あり、『後拾遺集』が初出である。

（9）　空蟬邸の門の描写もあり、「幼き心地に、いかならんをりと待ちわたるに、紀伊守国に下りなどして、女どちのどやかなる夕闇の道たどたどしげなる紛れに、わが車にて率てたてまつる。この子も幼きをいかならむと思せど、さのみもえ思しのどむまじかりければ、さりげなき姿にて、門など鎖さぬさきにと急ぎおはす」（空蟬①一一八頁）と光源氏は門や錠をかけられる前に邸を訪問する。大塚修二「葎の門の女の物語―帚木巻から末摘花巻までの構成―」（『国学院大学大学院紀要』一九七四年三月）は空蟬から夕顔へ「葎の門の女」の系譜が受け継がれていくと説く。首肯すべき点が多いが、今回は空蟬について言及しなかった。

（10）　後に夕顔はなにがしの院へ光源氏によって連れ去られていくが、紫の上や浮舟も邸の門が開いている描写があり、光源氏や薫に連れ出されて行く。場面展開と門の描写の関連性を見ることができる。

（11）　この他に新編全集『源氏物語』①頭註は零落した人の住む邸に意外にも美しい女性を発見する話として、『うつほ物語』俊陰の巻、『伊勢物語』第一段をあげている。

（12）　三田村雅子「木々の梢・木々の蔭―源氏物語の庭の景観―」（『日本文学』二〇〇三年五月）にも指摘がある。

（13）　光源氏が「後見」を決意するのは紫の上、末摘花、藤壺、秋好中宮、女三の宮の五人でいずれも王統の女性である。高木和子『男読み源氏物語』（朝日新聞出版、二〇〇八年）参照。「後見」については高木和子「「後見」に見る光源氏と女たちの関係構造」（『国語と国文学』一九九六年二月。後に『源氏物語の思考』（風間書房、二〇〇二年）所収）、米田真木子「『源氏物語』の〈結婚〉「後見」という視座から―光源氏を中心に―」（『フェリス女学院大学日文大学院紀要』二〇〇三年三月）も併せて参照。

（14）　末摘花の周辺には故常陸宮由来の高価で貴重な唐物が溢れている。河添房江「末摘花と唐物」（叢書想像する平安文学第二巻『〈平安文化〉のエクリチュール』（勉誠出版、二〇〇一年）、河添房江『源氏物語と東アジア世界』（日本放送出版協会、二〇〇七年）など参照。庭園文化と受領の関係についてはⅠ「2『作庭記』をめぐって」で論じている。

（15）　原岡文子「末摘花考―霊性・呪性をめぐって―」（『日本文学』二〇〇五年五月）参照。

(16) 二条東院に引き取られた末摘花の評価は再び一転する。「古代の御心」と語られた行幸巻では時代錯誤というべき身の程をわきまえない末摘花の行為が嘲笑されている。林田孝和「末摘花物語の「笑い」の形成」(『源氏物語の発想』桜楓社、一九八〇年)が醜女には呪力があると指摘しているように、頑なまでの強固な意志は時に光源氏世界の秩序を揺るがす力となりかねないため、末摘花は再び嘲笑の対象になるのだろうか。「古代」については広川勝美前掲論文にも言及がある。

(17) 野口武彦『花の詩学』(朝日新聞社、一九七八年)、河添房江「花の喩の系譜—源氏物語の位相—」(『日本の美学』一九八四年十月。後に『源氏物語の喩と王権』(有精堂出版、一九九二年)所収)、原岡文子「『源氏物語』の「桜」考」(『物語研究』新時代社、一九八八年。後に『源氏物語の人物と表現　その両義的展開』(翰林書房、二〇〇三年)所収)、三田村雅子『源氏物語—物語空間を読む』(筑摩書房、一九九七年)、三田村雅子「樹々の蔭(『学習院大学史料館紀要』二〇〇九年三月)など参照。なお『源氏物語』では特に物語の要所要所に点描される桜が光源氏の中心的な聖樹であり、六条院の宇宙樹であるといわれる。小林正明「『源氏物語』王権聖樹解体論—樹下美人からリゾームへ—」(物語研究会編『源氏物語を〈読む〉』若草書房、一九九六年)も併せて参照。

(18) 註(12)に同じ。三田村雅子前掲論文。源氏物語の古木の梢は降り積もった時間の経過を表し、失われた者、失われた時間、失われた「父」の記憶を宿しながら、木々は物語の空間の位置を占めていると説く。室伏信助「源氏物語の発想法—「末摘花」巻をめぐって—」(『王朝物語史の研究』角川書店、一九九五年)では光源氏と末摘花の関係には松が不可欠であると指摘する。

(19) 末摘花邸が「板垣」で修復されたことについて、『湖月抄』(講談社、一九八二年)は「かろくしつらひたるいた垣也。やがて二條院の東の院へわたし給はんの心にて、まづかろくつくろひ給ふなるべし」という。

(20) 落葉の宮邸は荒廃した描写でありながら、同時に木々の生命力を強調する。

(21) 大島本などでは「三十年」ではなく「三年」。朝顔の姫君邸が急速に荒廃しているという時間経過を強調する意味で、ここでは「三十年」を採る。

（22）原岡文子「歌語と心象風景―「朝顔」の花をめぐって―」（『国文学』一九九二年四月。後に『源氏物語の人物と表現　その両義的展開』（翰林書房、二〇〇三年）所収）は朝顔の姫君邸に漂う老いの家という風景と歌語「朝顔」との関係性を指摘する。

（23）朝顔の姫君が邸と共に「枯れ」ゆく存在であったことは註（22）に同じ。原岡文子前掲論文参照。

（24）註（2）に同じ。小林正明前掲論文に同様の指摘がある。正門が錆びて開きにくかった記事から、朝顔邸を元来、自閉していた空間であると指摘する。

（25）六条御息所と朝顔の姫君の関わりについては福田侃子「槿斎院の初期をめぐって」（『日本文学』一九六五年六月）、田坂憲二「朝顔姫君の構想に関する試論―葵巻を中心として―」（『源氏物語の人物と構想』和泉書院、一九九三年）などに詳細な考察がある。

（26）新編全集『源氏物語』②「漢籍、史書、仏典引用一覧」、五三三頁で門の場面の類似性が指摘されている。

（27）石井正己前掲論文でもこうした風景が「葎の門」の風景に近いことを指摘する。

（28）ゲオルク・ジンメル『橋と扉』《新装復刊》（白水社、一九九八年）三九頁。

初出一覧

I　庭をめぐる思想と造形
1　庭の発生―その歴史と思想を投影する場―　書き下ろし
2　『作庭記』をめぐって―自然に「したがふ」場―　書き下ろし

II　海と庭の風景―ミニチュア世界の誕生―
1　『万葉集』の庭―海の面影―　書き下ろし
2　「州浜」考―庭園文化の影響―　『日本文学』二〇〇七年四月

III　儀式の庭、権力の庭
1　「くもりなき庭」考―和歌史から花宴巻へ―　三田村雅子先生編『源氏物語のことばと身体』青簡社、二〇一〇年
2　男踏歌をめぐって―儀式における足踏み―　（原題「『源氏物語』の「男踏歌」をめぐる一考察―玉鬘との連関―」）『聖心女子大学大学院論集』二〇〇六年十月
3　儀式と「放出《はなちいで》」―庭との境界―　（原題「儀式と「放出《はなちいで》」―「ニワ」との境界―」）『日本文学』二〇〇九年二月

付　荒れゆく庭の物語

『源氏物語』の門《かど》をめぐって—「葎の門」を起点として—

（原題「『源氏物語』の「門《かど》」考—「葎の門」を起点として—」）

『聖心女子大学大学院論集』二〇〇四年十月

＊収めた原稿には、必要に応じて加筆・訂正を加えた。

あとがき

私が庭園文化という視座から『源氏物語』の世界を捉え直すことを志したのは聖心女子大学大学院の博士後期課程に入学してからであった。ちょうど香りや衣装、調度、絵画などのモノに着目し、そうした多様な周辺文化と物語内部を往還しながら、作品の読みを改変させていく文化的視座からの研究が台頭を始めていた頃であった。自分の研究方法に悩んでいた私は、ある日ふと目を留めた新聞記事に心を動かされた。それは島庄遺跡発掘調査の記事であった。『日本書紀』や『万葉集』といった文学作品が考古学的成果によって裏付けされることで、複眼的な考察が可能となっていた。物語もまたこうした土の中から発見されるモノ、庭園文化から確実な裏付けを行うことで、これまでの研究とは違う見方を提示できるのではないかと思った。文化的視座からの研究は切り口の新しい斬新な研究方法である。その目新しさが学術研究自体を文化的視座からの研究に傾斜させているといえる。こうした状況を懐疑的に見る意見もあるが、私がこだわってきたのは斬新さの追及というよりむしろ、分厚い研究史の中でこれまでほとんど論じられることなく見落とされてきたものを庭園文化という視座から僅かでもすくい上げていくことであった。独自の視点から物語の読みを改変する可能性を秘める文化的視座からの研究は、しかし一方でそこから得た成果を物語本文とどのように意味付けできるのか、資料としての言葉を物語の表現の読みにどのようにつなげていかれるのかといった重い課題も残る。そうした課題を如何に克服し、物語世界の深奥に迫ることができるのか。手探りではあるがささやかな本書によって新たな「物語庭園論」を切り拓いていきたい。

本書は平成二十年度（二〇〇八年度）に聖心女子大学に提出した博士論文にもとづくものである。ここまでお導きくださった原岡文子先生に心より感謝申し上げる。先生の温かく細やかなご配慮のもと本書を刊行することができた。大学院在学中は憧れの原岡先生にほぼマンツーマンでご指導を賜った。時に飛躍しがちな私の論を先生はいつも優しく受け入れてくださった。何度も推敲を重ねながら、どこに矛盾点があるのかを自然と気付かせてくださる先生のご指導はいつも優しさに包まれているようであった。振り返れば、先生からご指導を賜った六年間は本当に幸せな時間であった。先生の学風を慕い、はるかはるか先を歩まれる先生のお姿の後ろを必死で付いて行った。研究だけではなくプライベートでも先生は私の話しをいつも親身に受け止めてくださった。現在に至るまで私は先生の温かな励ましに見守って頂きながら研究を続けている。師としても、女性としても原岡先生はいつまでも私の憧れである。

博士論文の審査をしてくださった山口佳紀先生、深沢了子先生、長野美香先生には貴重なご助言を賜った。心より感謝申し上げる。聖心女子大学大学院の人文学専攻博士後期課程には「共同演習」という講義がある。「日本語・日本文学」「英語・英文学」「美学・哲学」の三専攻合同の講義であり、専攻の枠を超えて活発な意見が交わされている。当初は戸惑うことが多かった「共同演習」だったが、他分野の方々にも分かり易く、かつ専門的な発表をするための力を培った。またこの講義では他分野の視点から数々のご助言を賜り、多くの新たな気付きを得ていた。お世話になった先生方に深謝申し上げる。

聖心女子大学大学院は他大から入学した私を温かく迎え入れてくださった。博士論文を提出し、四年の歳月が過ぎた今でも変わらぬご配慮を頂いている。お世話になった人文学専攻研究室に心より御礼申し上げ、さらなるご発展をお祈り申し上げる。

私の研究の原点はフェリス女学院大学及び同大学院博士前期課程で学んだ三田村ゼミにある。三田村雅子先生（現上智大学）は私のもうお一方の指導教官であり、博士論文の審査にもあたってくださった。先生の講義に魅了され、物語を読むことの楽しさ、奥深さを知った。病によって一時的に休養せざるを得なかったときに先生から頂いたお言葉は今でも私を支えてくれている。私が聖心女子大学大学院に進学した後も先生は温かく見守り続けてくださった。心より感謝申し上げる。

当時の三田村ゼミは在籍する学生も多く、深く細やかな読みの応酬で緊張感に溢れていた。三田村ゼミは共に刺激し合い、共に成長していく、そういうゼミであった。物語を読むことの楽しさを分かち合った三田村ゼミの仲間に出会えたからこそ、私は聖心女子大学大学院への新たな一歩を踏み出せたのだと思う。特に先輩の三村友希氏、同期生の小原まゆみ氏のお二方の存在は私にとって大きな支えであった。良き仲間に恵まれた幸せに感謝している。

そして、何にも覆されることのない確実な読みの提示と、独自の視点をもつことの重要性を教えてくださった信州大学の渡辺秀夫先生にも心より感謝申し上げる。フェリス女学院大学大学院を修了した私は研究生として、一年間、信州大学で渡辺先生のご指導を賜った。三田村先生のもとで甘やかされた私にとって渡辺先生のご指導は衝撃の連続であった。「確かなこと以外は言いたくない」。それが先生の口癖であり、教えであった。厳しくも温かな先生のご助言が私の恣意的な研究方法を見つめ直すきっかけとなった。

学内、学外を問わず素晴らしいご縁に恵まれ、私は研究を続けることができた。これまでの学恩に深謝申し上げる。また本書の校正を引き受けてくださった倉持長子氏にも感謝を捧げる。

本書の出版をご快諾くださった翰林書房の今井ご夫妻には大変お世話になった。ご厚情に心より感謝申し上げる。最後に私事ながら、いつも温かく見守り支え続けてくれた家族にも感謝の意を表したい。そして、私の身体の中に宿る小さな命に本書を捧げる。

二〇一三年　桃の節句の日に

相馬　知奈

使用図版一覧

Ⅰ　庭をめぐる思想と造形

1　庭の発生

図1　『家屋雑考』「寝殿造」（新訂増補故実叢書・明治図書出版）

Ⅱ　海と庭の風景―ミニチュア世界の誕生―

2　「州浜」考

図1　『邸内遊楽図屏風』（出光美術館蔵）

図2　『年中行事絵巻』「賀茂祭」（日本の絵巻・中央公論社）

Ⅲ　儀式の庭、権力の庭

3　儀式と「放出」

図1　『家屋雑考』「放出」（新訂増補故実叢書・明治図書出版）

図2　『貞丈雑記』「放出」（新訂増補故実叢書・明治図書出版）

図3　『源氏物語四季賀絵巻』（東京国立博物館蔵）

索引（事項・人名）

【あ】

【さ】

【な】

【著者略歴】

相馬知奈（そうま・ちな）

1976年、長野県に生まれる。

フェリス女学院大学文学部日本文学科卒業、聖心女子大学大学院文学研究科人文学専攻博士後期課程修了。博士(文学)。聖心女子大学非常勤講師を経て、現在聖心女子大学特別研究員。

源氏物語と庭園文化

発行日	2013年 5 月 25 日　初版第一刷
著　者	相馬知奈
発行人	今井　肇
発行所	翰林書房
	〒101-0051　東京都千代田区神田神保町2-2
	電　話　03-6380-9601
	FAX　03-6380-9602
	http://www.kanrin.co.jp
	Eメール● Kanrin@nifty.com
印刷・製本	シ ナ ノ

落丁・乱丁本はお取替えいたします

ISBN978-4-87737-350-4